新潮文庫

主婦病

森美樹著

新潮社版

10837

目次

主婦病

眠る無花果《いちじく》

母のお葬式があった日の夕食は、フライドチキンだった。

放心状態というか、まるでこっちが幽霊になったような父と私だったが、父の方が先に正気に返り夕食を買ってきた。さすが大人だ。父と私は無心にそれを食べた。父はビールを、私はオレンジジュースを飲んでいた。

「これ、さっきひろった骨に似てるね」

大皿に盛ったフライドチキンの横に、貪《むさぼ》られた後の鶏《とり》の骨が数本あった。私は一本つまんで、父に向ける。

「ママはまだ若かったからな。きれいな骨だったな」

父は惚《ほう》けたように、つるりとした鶏の骨を見つめた。整体師の父は、人間は骨がすべてだと信じて疑わない。

「おいしいね。お肉」

「うまいな」

父と私は、ただひたすらフライドチキンを食べた。涙も流していなかった。不在というものをまだ理解していなかった。

突然すぎたのだ。

人というものが存在感だけを残して存在を無くすということ、人生の登場人物が削除され記憶だけになるということ。

近所の人やクラスメイトが気の毒がることや悲しげな顔で私をいたわることが、理解できなかった。すべてが押しつけで鬱陶《うっとう》しい。

ただ、家の中の家具や食器や、家そのものが、戸惑っているのはわかる。例えば片腕を切断した人は、しばらくその片腕の幻影に苦しんだり慰められたりするという。私と家はそんな風に共感し合った。共感し過ぎて眠れず、ベッドから抜け出して外に出てみたら、夜明けとともに金髪の男がやってきた。

母がやたらと嫌っていた男だ。

朝靄《あさもや》の中をさくさく歩く彼も、夢うつつという風情《ふぜい》だった。

「おはよう」

パジャマのまま、私は言った。

「おはよう」

彼も言った。手に、白い花を一輪持って。

母を亡《な》くしてから、いつものことが無くなった。朝起きるといつもリビングは暖められ加湿され、ダイニングテーブルには目玉焼きとハムとサラダとトーストがのっかっていた。窓の向こうには髪をお団子にした母がいた。オフホワイトのストールを羽衣みたいに首に巻きつけ、庭木に水をあげていた。私が裸足《はだし》で窓辺に近づくと「おはよう、絵子《えこ》」と振り向いて笑った。

「おはよう、絵子」

振り向くと、父がいた。もう仕事着に着替えている。長身で姿勢のいい父は、上下白ずくめだと妙な迫力がある。父というより先生で、ちょっと萎縮《いしゅく》してしまう。

「おはよう、パパ」

私はまだパジャマだった。一日の空気を動かすのは母の役目だった。母亡き今、空気はおのおので動かさなくてはならない。

「食事は、パパが作ろう。着替えてきなさい」

はい、と言って自室に引き返す。身支度を済ませてキッチンに戻ると、ダイニングテーブルにトーストとバターと蜂蜜《はちみつ》といちごジャムが並べてあった。コーヒーメーカーがぽこぽこと音をたてている。

「他に何かいるかな」

父は怪訝《けげん》な面持ちで、顎《あご》に手をあてている。

「ううん、いいよ。あ、シナモンとグラニュー糖ある？」

「シナモンとグラニュー糖。あるだろうな」

「じゃあ、それもほしい。おいしいんだよ、バタートーストにシナモンとグラニュー糖ふるの」

「どこにあるんだろう」

「……いいや」

父にコーヒーをそそいであげて、私は席についた。

「絵子は何を飲むのかな」

「豆乳。本当は飲みたくないけど」

「飲みたくないなら、飲まなくていいんじゃないか。それに牛乳の方が骨にはいいしな」

「でもママが飲めって。牛乳より豆乳の方が栄養バランスはいいって」

「今日からは、特に気にしないでいいぞ」

父が私のマグカップにコーヒーをそそいでくれた。

「にがー。お砂糖お砂糖」

ガスレンジの上の調味料ケースからお砂糖を出して、スプーンで二杯すくって入れた。

「絵子。おさげにしなくていいのか。校則違反じゃないのか」

「おさげはママの趣味だよ。きんよくてきな髪型が好きなんだって、ママが勝手に編んでたんだよ」

「禁欲的か。ママらしいな」

「校則が厳しくなるのは、四月からだよ」

「四月から、中学生だもんな」

心持ち口元をゆがめて、父がトーストをかじった。清潔感と気怠《けだる》さが綯《な》い交《ま》ぜになっている。無精ひげに白衣というのは、どこか危うい。

「砂のような味がするなあ」

父の物言いは明るく、乾いていた。

「ごちそうさまでした」

バター蜂蜜いちごジャムトーストをお砂糖二杯のコーヒーで胃に流し込むと、私は席を立った。

「絵子」

父が、コーヒー片手に言った。

「家のことはパパがだいたいやるから。絵子も手伝ってな」

父の視線は宙を泳いでいた。

「うん」

私は父ではなく、リビングで微笑《ほほえ》む母の遺影に言った。

うちの門柱はにぎやかだ。横書きの『羽根田暁《はねだあきら》　美緒《みお》　絵子』の表札と、縦書きの『羽根田整体院』の看板が左右にくっついている。

母は毎朝、表札と看板を磨き、玄関先を掃き清めていた。

「玄関がひとつって、ややこしいわよね」

口癖のようにつぶやき、ため息をついていた。私達一家は、父の祖父から受け継いだ広い一軒家に住んでいる。父は一階の一部屋を施術室《せじゅつしつ》として使用していたが、別室ではなく別宅として然《しか》るべき場所を設けるべきだと、母は主張したらしい。

「完全予約制だから、待合室も必要ない。俺と患者、一対一の施術だし、人がひっきりなしに来ることはないよ」

というのが父の言い分だった。

「部屋も余ってるし、家を増築したり他を借りたりするなんて、もったいないだろう？」

母は渋々承知した。父が開業してから、母は庭を整え始めた。陽当たりのいい前庭には花壇や垣根を作り、施術室側の裏庭には無花果《いちじく》の木を植えた。

父と母は、同じ敷地内にいながら、別々の生活を紡《つむ》いでいた。

私は表札の『美緒』の上に、ピンクの付箋《ふせん》を貼《は》った。

入り組んだ路地を抜け、大通りを渡るとすぐに小学校だ。家から数えて七本目の電信柱に花束が手向《たむ》けられている。母が亡くなった事故現場だ。

母はひとりで車を運転し、電信柱に激突した。即死だった。ブレーキを踏んだ形跡はなかった。アルコールや薬物も検出されず、不審な点はなかった。

お葬式の席で、お悔やみの声に混ざって自殺というささやきが聞こえた。

父と私は幽霊のように足元がおぼつかない状態だったので、そんな流言飛語《りゅうげんひご》は身体《からだ》を素通りしていった。が、人の口から出た言葉には命が吹き込まれるようで、私の心に知らずに根づいていたのである。

「絵子ちゃん、おはよう」

我に返ると、ひまわり弁当の前まできていた。ひまわり弁当は大通りにあるお弁当屋で、小学校の向かい側にある。

カウンター越しにお客さんをさばきながら、春枝《はるえ》おばさんが手を振っていた。

「おはようございます」

挨拶《あいさつ》されたから挨拶を返したけれど、このやたらと人懐《ひとなつ》っこく、前の道を行き来する生徒の名前まであらかた覚えている春枝おばさんが、私には不可思議で不気味だった。

「今日はね、お稲荷《いなり》さんがたくさんあるよ」

公然の秘密を打ち明けるように、茶目っ気たっぷりに言う。春枝おばさんは、売れ残ったお惣菜《そうざい》を学校帰りの生徒にこっそり配っていたが、私は頑《かたく》なに拒否していた。母が、ものごいみたいでみっともない、と眉《まゆ》をひそめたからだ。

お悔やみを申し上げられるのが嫌で、素知らぬふりをして小走りした。

春枝おばさんも髪をお団子にしている。母のお団子は無造作で、春枝おばさんのお団子は雑だ。茶色に染めた縮れ毛が、ひどく安っぽい。お弁当屋にはちょうどいいけれど。

夕食はカレーライスだった。

「パパ。白衣のままカレー作ったの？」

「ああ、うん」

「だめじゃん、匂《にお》いついちゃうよ」

夜も予約が入っているのだ。

「ママみたいなこと、言うなあ」

父は観念したように頭をかいたが、白衣を脱ごうとはしなかった。私は席を立ち、洗面所から消臭スプレーを持ってきた。

ダイニングテーブルのすみに、消臭スプレーをのせる。

父は切なそうに、スプーンでカレーとごはんを混ぜた。

「父子家庭にカレーって、いかにもだね」

お水を一口飲む。少しだけ、自分が透明になった気がする。

「いかにもとは」

母がいないと、父は腑《ふ》抜《ぬ》けだ。父というのは、母がいないと存在できないものなのか。

「ありがちってこと」

父が作ったカレーは粉っぽい味がした。にんじんもじゃがいもも不恰好《ぶかっこう》だった。

「まずいか？」

「おいしいよ」

母のカレーには様々なバリエーションがあった。挽肉《ひきにく》とグリーンピースの水気のないカレーとか、ココナツミルク入りの香ばしくて黄色いカレーとか。

サラダも豆乳もない暮らし。きっとこれが、いつものこと、になっていくのだろう。

「パパ」

自殺って、どういうこと。

「なんだ」

父はまるで義務であるかのようにスプーンを動かしていた。幽霊だ、と思った。人を亡くすと人は、心の一部分をもぎ取られるのだ。父も、私も、心の空洞を持て余している。

私が黙っていると、父が私のお皿にカレーを山盛りによそった。

「きちんと食べろ。リハビリだと思って」

リハビリ。私は無理に笑った。頬がひきつった。

「じゃあ、パパは仕事があるから。後片付け、頼んでいいか」

「うん」

いってらっしゃい、と私は言った。同じ家にいるのに変だと思うが、母がいつもそう言って父を送り出していたのだ。

父の白い背中と、母の白い顔。

父が仕事場にこもると、母を手伝って後片付けをするのが常だった。

「今夜は三人、お客が入ってるんですって」

食器を洗いながら、父のスケジュールを母が私に伝える。さして興味はなかったが、母にとっての日課のようだった。

「お客？　患者さんでしょ」

ダイニングテーブルを拭《ふ》きつつ、私はリビングのテレビに神経を集中させていた。

「患者さんじゃなく、お客よ」

母がたてる水しぶきの音で、テレビの音がかき消された。私はテレビのボリュームを上げた。

「一時間テレビ観《み》たら、お風呂《ふろ》に入るのよ」

背後で母が念を押し、私から布巾《ふきん》を取り上げるのがお決まりのやりとりだった。ダイニングテーブルを拭きなおす、母の細い手と首筋の後れ毛。

テレビからけたたましい笑い声が響き、我に返った。芸人が何かギャグを言ったのだろう。テレビのにぎわいに反して、こちら側はうすら寒かった。

「一時間テレビ観たら、お風呂に入るね」

誰にともなく言い、布巾でダイニングテーブルを隅々まで拭いた。

リビングで母の遺影が、静かに微笑んでいた。


表札の『美緒』の上に、黒く塗ったガムテープが貼られていた。父の仕業だろう。母は黒よりピンクが好きなのだが、そういうのはきっと不謹慎なのだ。死者は黒く塗り潰《つぶ》されてしまう。

母にならって表札と看板を磨いていたら、伯母がやってきた。

「絵子ちゃん、ケーキ買ってきたわよ」

「わあい」

と子供らしくはしゃいでみせた。伯母の手土産はいつもケーキで、ケーキさえ与えておけば間違いないといった選び方なのだ。中身はいちごショートだろう。

実の弟に会いに来るのになぜ白檀《びゃくだん》の匂いをさせてくるのかわからないが、和服だから日本茶を用意して、お茶菓子がないのでいただいたケーキを出してみた。

いちごショートが十個もあって、うんざりした。

「絵子ちゃんは塾には行かないの？」

「日曜日だし」

日曜日だし、というのは変な言い訳だ。

「ピアノは習ってるよ」

父の仕事が一段落するまで、伯母の相手をしなければならない。伯母は母にお線香をあげ、両手を合わせた。

「ピアノじゃなくて、学習塾のことよ」

白檀とお線香と生クリームの匂いで、胸やけがしそうだった。

「中学に入ったら、行かせるよ」

父がやってきて、事なきを得た。私は父にも日本茶を入れ、キッチンに避難した。

窓の向こうで洗濯物が揺れている。父の干し方は無秩序だ。母はタオル類を外側に、下着類を内側に干していた。

「見せたくないものは、見えないようにするのよ」

うちは整体院だから白いタオルやバスタオル、シーツもたくさん洗う。はためく洗濯物と柔軟剤の匂い。母にはまっさらで正しいものが似合った。

ふと見ると、父の靴下の横に私のパンツが留めてあって、私は急に恥ずかしくなった。縁側に置きっぱなしになっていた母のサンダルをつっかけて、洗濯物を干しなおす。タオル類を外側に下着類を内側に。花壇の花が萎《しお》れて湾曲し、芝生に枯葉が敷き詰められている。如雨露《じょうろ》に水を汲《く》み、ほうきとちりとりで掃除をした。

伯母が、リビングの窓をあけた。

「一戸建てなんだから、庭の手入れだって大変でしょう」

伯母に見つからないよう、物陰に隠れた。

白檀とお線香の匂いがおそってくる。

「ねえ、再婚したらどう？　絵子ちゃんだって難しい年頃なんだから」

胸やけがした。伯母が窓をしめた。私は如雨露を花壇にぶつけた。半分以上残っていた水が、私の足元まで跳ね返ってくる。

洗濯物はやはり無秩序で、ちぐはぐに風に揺れていた。

「何の音？」

伯母が再び窓をあけた。

「絵子、どうしたんだ」

父の平坦《へいたん》な声に吐き気がし、私は裏庭に逃げた。ほんの数メートルしか移動してないのに、空気はひんやりと冷たい。サンダルの底で感じる土もやわらかく弱々しかった。

母が手塩にかけた無花果だけが、主《あるじ》のように凛《りん》とそびえ立っていた。陽当たりも水はけも悪いのにすくすくと育ち、私の背丈を遥《はる》かに超えてしまった。

無花果は、施術室の窓とにらめっこするように植えてある。施術室には空気清浄機が設置してあるが、父はいつもわずかに窓をあけていた。

見上げるそばから無花果は、ひとたまりもなく葉を落としていく。

昨年の夏から秋にかけて、母が無花果の果実を収穫した。大きさにばらつきがあり、いびつなそれらを、慈《いつく》しむように撫《な》でていた。

「絵子」

ダイニングテーブルに果実を並べ、満ちたりた顔で母が言った。

「無花果の花言葉を知ってる？」

しずくのような形から毒々しさも滲《にじ》み出ていて、私は触れることができなかった。

「無花果って、花は咲かないんでしょ？　なのに花言葉があるの？」

「実の中に花が咲くのよ」

母は言った。実の中に花が咲く。なりをひそめるように。

「見せたくないものは、見えないようにするの？」

「そうよ」

無花果の実を頬にあてた母の顔は、無花果のそれよりも毒々しかった。

母と子ではなく、大人と子供にきっぱり隔てられたような、瞬間だった。

「おおい、絵子」

父の呼ぶ声がした。私は慌《あわ》てて、前庭に向かう。

「絵子。伯母さんが帰るぞ」

「はーい」

芝生に転がっていた如雨露を片付け、ほうきとちりとりを手にした。

「絵子。何してたんだ」

「庭の掃除だよ」

「伯母さんが帰るから。ケーキのお礼を言いなさい」

母の遺影の前のお線香は、跡形もなかった。

「絵子ちゃん。お邪魔さま」

ケーキのお礼を言うと、塾に行くのよ、と釘《くぎ》を刺された。伯母が去っても、白檀の匂いは居着いていた。

父は仕事場にこもり、私は窓を全開にした。

花壇は水浸しになっていた。


夕食はナポリタンだった。

具は魚肉ソーセージにピーマンに玉ねぎ。父はノンアルコールのビールをグラスにつぎ、私にはインスタントの味噌汁《みそしる》を作ってくれた。

「うまいか」

白衣のままの父が言った。母が生きていた頃は、仕事場以外では白衣を脱いでいた。母が、よその人みたい、と嫌悪感《けんおかん》をあらわにしたのだ。

家族でいる時は家族らしくして。度々、母が懇願した。

私には、よくわからなかった。

「おいしいよ」

一口だけ食べ、咀嚼《そしゃく》し、おざなりに笑った。

パスタはくたりとして、だらしがなかった。

「ケーキ、食べなかったのか」

今や一日中白衣でいる父が、母の遺影に目をやった。祭壇にはいちごショートが九個置いてある。

「うん」

「夕食が終わったら、食べていいぞ」

「いらない」

「ナポリタンだって、全然食べてないじゃないか」

私はフォークとスプーンでパスタをもてあそんでいた。お皿はケチャップ色の海だ。

父の唇は赤く、ピエロみたいだった。

「食べなさい」

「リハビリだと思って？」

「そうだ」

「パパ」

私はひたすらフォークにパスタを巻きつけていた。行儀の悪い子供のように。

「なんだ」

「難しい年頃って、いくつのこと？」

ケチャップの赤も、父の唇の赤も、無花果の毒々しさには敵《かな》わない気がした。

「何のことだ」

父の声が低くなった。グラスを満たしていたビールの泡が消えかけている。

「じゃあ、簡単な年頃って何？」

胸が詰まって、どうしようもなかった。沈鬱な空気に押しつぶされそうで、たまらずにフォークをお皿に投げ出す。

「絵子」

心にできた空洞に暗雲が立ち込めて、窒息しそうになるのだ。泣き叫んでエネルギーを爆発させれば、可愛《かわい》いのだろうか。

母を亡くした可哀想《かわいそう》な子供として、可愛がってもらえるのだろうか。

けれど私は静かに暗い、主張しかできなかった。

「伯母さんや、パパは、簡単な年頃なんだね」

父の手のひらが、私の頬にあたった。ぱちんと、空々しい音がした。痛くはなかった。父の手のひらの熱で、私の頬がいかに冷えていたか気づかされただけだった。

ビールから炭酸が消滅し、金色の液体はくすんでいた。父の手からフォークが離れ、ダイニングテーブルにこぼれる。

恐る恐る顔を上げた。

父の顔は、幽霊だった。何の感情もなく、ただのいれもののようだ。胸がしめつけられたので、笑ってみた。

「何、今の。超父子家庭っぽい」

わざとらしく頬を押さえ、ダイニングテーブルのすみにあった消臭スプレーを父に投げつけた。間髪入れずに、子供らしく走り去る。子供なのに、子供を演じなければならないのは、なんて不幸なのだろう。

「絵子！」

父の、切羽詰まっているのに生気のない声が追いかけてきた。けれど私は本能で知っていた。父が決して追いかけてこないことを。

「絵子。待ちなさい」

待たないことが親孝行だと知っていた。私は玄関を飛び出し、家から数えて七本目の電信柱まで走った。

街灯の下、母のために供えられた花束は茶色く変色し、みすぼらしくなっていた。自殺というささやきが聞こえた。勿論《もちろん》、周囲には誰もいない。頭上に、やけに大きな満月がいたので、そいつのせいにしてみた。天空を見上げ罪のない満月を憎んでみたが、あまりにのどかな丸なので、かえって悲しくなった。泥のような足を引きずって歩く。

すると目の前に、金髪の男が現れた。

死神かと思った。

昼間しかすれ違ったことがない単なる顔見知りだけれど、太陽より月が似合うというのは新たな発見だ。鬱っぽい雰囲気じゃなくて黒ばかり着ないでいれば、ジャニーズに入れたかもね、と明るく思ってみた。

「家出？」

彼はあっさりと言い、寒そうに肩をよせた。気の毒に、とか、悲しげな様子もなしに、あたりまえに暗かった。

「違うよ」

私は言った。

「家出したって、呪縛《じゅばく》からは逃れられないもん」

なんの呪縛だかわからないが、人は生まれながらに呪縛に囚《とら》われている。

「そうだね」

彼は淡く笑った。

「タイタンに帰るの？」

タイタンは、彼が住んでいる寮だ。

「うん」

タイタンという宇宙船みたいな名前だけで、希望の施設に思えてくる。羽根田整体院とは雲泥《うんでい》の響き。

彼と別れると、心が少し凪《な》いだ。満月には雲がかかることもなく、あくまでまるく、神様ののぞき穴のようだった。

「絵子ちゃん？」

聞き覚えのある声がした。横を向くと、ひまわり弁当の明かりが煌々《こうこう》と灯《とも》っている。

春枝おばさんが、店じまいをしていた。

「絵子ちゃん。どうしたの、こんな時間に、ひとりで」

手ぶらで出てきてしまったから、塾という嘘《うそ》もつけない。私は口をつぐみ、たたずむことしかできなかった。

「上着も着ないで。寒いでしょう。ちょっと待ってなさいね」

有無を言わさない力強さで私の肩をさすってから、春枝おばさんはカウンターの中に入っていった。シャッターが中途半端《はんぱ》に降りていた。

両手に息を吹きかける。通い慣れた道なのに、昼と夜とではまるで印象が違う。人《ひと》気《け》のないお弁当屋は、随分とわびしい。

春枝おばさんが、発泡スチロールでできたカップを持ってきた。

「はい、豚汁。あったまるから」

小刻みに首を振ったが、強引にカップを押しつけられた。

白い湯気が鼻をくすぐる。春枝おばさんは髪をほどいて軽く頭を振った。お砂糖とお醤油《しょうゆ》と香水が混ざった匂いがした。

白檀の匂いより、ましだった。

私はゆっくりと、豚汁を口に含む。しょっぱくて香ばしくて、身体がゆるんだ。

「……おいしい」

思わずつぶやいたら、春枝おばさんは心底うれしそうに笑った。母よりも皺《しわ》がたくさんあり、お化粧も濃かった。

「それ飲んでちょっと待っててね。送ってってあげるから」

「うち知ってるの？」

「羽根田整体院でしょう。絵子ちゃんのお父さんには、時々お世話になってるの」

春枝おばさんはレジのお金を数え、電源のスイッチを切った。電光板が瞬時に消え、お弁当やお惣菜の写真が灰色になる。海苔《のり》弁当に紅鮭《べにざけ》弁当、ミックスフライ。

「……おばさん」

豚汁が私に空腹感と寒さを思い出させた。両手でカップを握りしめ、沈殿していた豚肉や野菜のかすごと、一気に飲んだ。

「さ、帰りましょう」

シャッターに鍵《かぎ》をかけ、春枝おばさんが私の首にマフラーを巻いてくれた。お砂糖とお醤油と、香水の匂い。

「難しい年頃って、いくつのことだと思う?」

大通りを、車が行き交う。テールランプが夜を引き裂いていく。幾重にも容赦なく。

春枝おばさんは目をしばたたかせ、けれどすぐに表情をひきしめた。

「そうねぇ」

のんびりした口調で間を持たせる。黄土色のダウンジャケットに獣みたいなファーのバッグ。

マスカラを施した重そうなまつげが、目に影を落とす。思いのほか真剣な横顔に、私はつい、期待した。

春枝おばさんは私からそっとカップを取り上げ、

「難しいねぇ」

ひまわり弁当の脇《わき》に設置してある、ゴミ箱に捨てた。

「じゃあ、簡単な年頃って？　大人はみんな、簡単なの？」

「うーんとね」

ずんぐりした指で縮れた髪をいじり、じらすようにこたえを探していた。朱肉のような色をした短い爪《つめ》。

私は落胆し、マフラーをはずした。

すると突如、春枝おばさんは言ってのけたのだ。

「難しい年頃も簡単な年頃もないわね」

マフラーを持つ私の手が宙ぶらりんになる。春枝おばさんは私をまっすぐに見つめた。

「ただね、子供の世界には良いと悪いしかないけど、大人の世界には、良いと悪いと、もうひとつあるのよ」

「もうひとつって、何？」

春枝おばさんは私からマフラーを受け取ると、再び私の首に巻きなおした。

「そのうちに、わかるわ」

マフラーの毛糸が首筋を刺した。

「……真っ赤だね、このマフラー」

闇《やみ》にも屈服しない、どぎつさだった。

「緋色《ひいろ》よ。英語だとスカーレット。素敵でしょう」

スカーレット。春枝おばさんの洒落《しゃれ》た物言いに失笑しそうになったが、口元をそのスカーレットで隠した。ちくちくした痛みは、やがてふんわりした感触になった。

連れだって歩く無言の夜も、ぎこちないながら妙な安らぎがあった。

「ここからは、ひとりで帰る」

もうすぐ七本目の電信柱だ。母の聖域は、ひとりで通りたかった。

「そう。じゃあ、マフラーはお父さんに渡しておいてくれる？」

「はい。ありがとうございます」

会釈《えしゃく》をした私に、おかめみたいな笑顔を返した。母よりも俗っぽく薄っぺらだった。

ずんぐりした体つきは中年の極みで、野暮ったい。

母は、美しかった。聡明《そうめい》で潔癖だった。

七本目の電信柱に激突した、死に顔ですら清らかだった。計算されつくしたように、白く透けた顔にはかすり傷すらなかったのだ。

玄関をあけると同時に、施術室のドアもあいた。父の顔は白衣よりも白かった。

「絵子」

「ただいま」

父には私がじきに帰るだろうという確信があり、私には父の確信が嗅《か》ぎとれた。お互い一目で理解しあった。

「どこに行ってたんだ。こんな遅くに。心配するだろう」

「ごめんなさい」

親子ごっこをするように、色褪《いろあ》せたセリフを交わした。これもまた絆《きずな》を深めるためのリハビリなのだ。

施術室のドアはあけっ放しになっており、女の人がベッドに腰かけていた。疲労がただよう後ろ姿。

「お父さんはまだ仕事があるから。お風呂が沸いているから、よくあたたまって寝なさい」

「はい」

父の手のひらが、私のつむじにのせられた。大きくて熱っぽい手。この手であらゆる人を治療するのに、家族の治療はままならない。

「おやすみ。絵子」

ふやけたように悲しく、父が笑った。

私は心の中で、いってらっしゃい、とつぶやいた。


母との思い出。艶美《えんび》なやつ。

「中学生になるまでね」と、母は頻繁に私をお風呂に誘った。自宅のお風呂はタイル張りで古く狭いので、ふたりだと窮屈だった。

母とはいえ、自分の中途半端に平らな裸をさらすのは嫌だったが、母の裸を観察するのは好きだった。石鹸《せっけん》の泡がなめらかな肌を滑っていくのや、お団子をほどいた黒髪がふっくらした胸にこぼれていくのは、趣のある光景だった。

「絵子」

母がシャワーを浴びながら言った。

「パパの前でね、裸になるお客さんがいるんですって」

私は湯船につかり膝《ひざ》を抱えていた。母の皮膚の上で水滴が踊っている。

「裸？　整体なのに？」

「そう。整体なのに」

「なんで」

「その方が、浸透するからですって」

浸透する。施術室に足を踏み入れたことは滅多にないので、想像しにくい領域だった。足の指をひらき隙間《すきま》に手の指を差し込んでいく。未知なる部分を探し当てたように、こそばゆい感覚が広がる。

「パパが言うのよ。その人は、指の力を最大限に浸透させるために裸になるんだ、って。変な患者だって」

「女の人？」

「ええ。五十過ぎの人よ」

母がシャワーを止め、髪をタオルで包んだ。

「パパの仕事も大変だね」

「そうね」

母の華奢《きゃしゃ》な背中は磁器のようで、何かを拒絶するような冷やかさがあった。

「ママ。入る？」

身体をよせて、空間を作った。

「ええ」

お湯と一体化するみたいに、するりと湯船につかる。母の背中は確かにあたたかいのに、内側はからっぽのようだった。

幽霊みたいに。

母はあの時から、心で、何かを無くしていたのだ。何かをもぎ取られていたのだ。

私は、母のいない湯船で、お湯に顔をうずめた。膝を丸め、両手で抱きしめた。足の指をひらいて手の指を差し込む。こそばゆい感覚が広がる。同じ動作なのに同じ場所なのに、感覚はいつでも未知だ。

朝、私の役目は暖房と加湿器をつけることだ。それと洗濯。母は乾燥機を好まなかったが、私は遠慮なく利用した。学校に遅刻してしまうし、私の生活も忙しさを増すからだ。

父の役目は、食事の支度と買い物だ。掃除は暗黙の了解で応相談になった。

母の祭壇に置いたいちごショートに、お線香の粉がたまっていた。

遺影の母は、穏やかなしあわせをたたえている。窓の外では物干竿《ものほしざお》が木枯らしになぶられ、花壇の花は朽ちてしまった。

部屋は適切な温度と湿度で整えられていく。機械的に、規則的に。

私はいちごショートを鷲掴《わしづか》みにし、おもむろに頬ばった。生クリームの脂肪分といちごの水分が口に充満する。濃厚な甘さに虫唾《むしず》が走ったが、私は母の遺影の前で壊れたようにケーキを食べた。

四個目を手にしたところで、胃が悲鳴をあげた。トイレに駆け込みしこたま吐いた。

「絵子？」

父がトイレのドアをノックする。

「具合でも悪いのか」

トイレットペーパーで唇を拭き、白と赤の汚物を流した。指でむりやり口角を上げた。

「大丈夫だよ、パパ」

ドアをあけ、子供らしく笑って見せた。

「そうか」

苦さと酸《す》っぱさと甘さが口の中でとぐろを巻いている。父より先にキッチンに行き、素早くうがいをした。

「パパに渡すものがあるんだ」

父がトースターに食パンをセットし、バターと蜂蜜《はちみつ》といちごジャムを用意する。

私はたたんだマフラーを、ダイニングテーブルにのせた。

「なんだ、これは」

「マフラー。スカーレットの」

「スカーレットの？」

「うん。ひまわり弁当の、春枝おばさんに借りたの」

「春枝さんに？　いつ」

「昨日、ちょっと」

「そうか」

父はそれ以上詮索《せんさく》しなかった。焼きあがったトーストを皿に分け、私に差し出す。

私は戸棚からシナモンとグラニュー糖を出した。

父が私の仕草をまじまじと見つめる。

「おいしいよ。パパもやる？」

「うん」

私は父のトーストにもバターをぬり、シナモンとグラニュー糖をふりかけた。父はカップにコーヒーをそそいでいる。

「お砂糖入れるか」

「ううん、いい」

ブラックのままのコーヒーを受け取り、父に皿を渡す。

シナモンの粉と香りは、お線香に似ている。

「パパ」

父は興味深そうに、シナモントーストを目の高さに掲げた。

「なんだ」

コーヒーの苦味と酸味が、思考をクリアにしていく。

「ママは」

自殺だったの？

「しあわせだったの？」

父はうなだれた。コーヒーの湯気にからめとられて消えてしまいそうだった。

「うん」

か細い声で、それでもはっきりと言った。

私は注意深く父の挙動を熟視した。

「たぶん。でも」

正面を向き、私を見据えた父の顔は、幽霊ではなかった。確固たる人間で現実で、悲哀をまるごと抱え込んでいた。

「すまなかったと思ってる」

私はシナモントーストをかじった。孤独な味がした。

「おいしいな」

父が言った。明るくて乾いていた。シナモンとグラニュー糖が唇についている。間が抜けてて滑稽《こっけい》で、やるせなかった。


母との思い出。理不尽なやつ。

あの日、学校から帰宅して門柱に手をかけたところで、初めて金髪の男に遭遇した。彼は一歩進んでは顎《あご》に手をあてたり、髪をかきあげたりしていた。

私を認めると、彼が言った。

「すいません」

身なりに反して礼儀正しかった。

「この辺に、タイタンっていう名前の男子寮ありますか。引っ越してきたばかりで、迷ってしまって」

金髪で、頭と皮膚以外は全部黒で、終わりかけとはいえまだ昼間で、ふらふらしている男は充分に怪しかった。学校や家でしつこいくらいに教育されている。不審者とは口をきいてはいけません。

「この通りをまっすぐ行くとあります」

左側を指で示す。彼はまた顎に手をあてた。ふむ、とでも言うように。

「どうもありがとうございます」

子供の私にも敬語を使い、深々と頭を下げた。まだお兄さんという年齢だというのに、霞《かすみ》みたいに生気がない。

「タイタンに住んでるんですか」

タイタンにはおじさん連中しかいなかったはずだ。

「うん。最近」

敬語じゃなくなった、と何気なく笑いあった瞬間、悪寒がした。うしろに、母がいた。

「あ、ママ」

男が母を見て目をしばたたかせる。

「あれ。ママ、知り合い？」

言うが早いか、母が私の手首を捻《ひね》りあげた。

「痛いよ、ママ」

「すいません、道を聞いていたんです。ちょうどここ、通りかかって」

男が間に入っても、母は何かに取《と》り憑《つ》かれたように冷たく凝り固まっていた。男が金髪だからとか、はみ出しているからとか、浅いことではなく、母の嫌悪はもっと深いところから発せられている気がした。

呪縛みたいに。

母は本当は、男の人が嫌いなのだろうか。

私は、母のだらけた姿を見たことがない。母も女の人だから、父の前ではだらけるのだろうか。

およそ想像しにくかった。

風が木々をゆすり、母はふいに母に戻った。母の手がほどかれたすきに、玄関に駆け込む。

私の手首は赤くなり熱をおびていた。母の奥底から絞り出された、女の人である証拠みたいに。

冬の空気は澄んでいて手厳しい。やがてくる春のぬくもりを味わうために、あえて凍るような寒さをつきつけるのだろうか。

学校から帰宅して裏庭を掃除した。無花果《いちじく》が落葉し、大ぶりの葉が根元に敷き詰められている。一枚一枚拾い束ねて軒下にまとめた。

施術室《せじゅつしつ》の窓は、いつもわずかにあいている。

裏庭から覗《のぞ》く施術室は自宅なのに異質で、施術室のドアがゆっくりとひらかれた時も、こわいもの見たさの思いで患者さんの顔を確かめた。

私の全身が硬直した。

入ってきたのは、春枝おばさんだった。

立ち上がった父の背中越しで、春枝おばさんは頬を紅潮させて笑う。媚《こ》びるようなふるまいで、黄土色のダウンジャケットをハンガーにかけた。

父の白衣から清潔さが消滅した。私は無花果の葉を胸にあてた。

春枝おばさんは、決まりきった手順をじらすようにこなしていった。セーターを脱ぎブラウスのボタンをはずし、豊満な胸をひけらかす。父の肩の線がほぐれると、たちまち大胆になった。ストッキングを丸め、スカートを、ブラジャーを、ショーツを、脱衣かごに放り投げた。

無花果の葉にまで、私の胸の鼓動が伝染してしまいそうだった。

パパの前でね、裸になるお客さんがいるんですって。

母の声がよみがえる。幽霊のような、所在無げな母の顔。

患者さんじゃなく、お客よ。

春枝おばさんは、すべてを父にさらけ出していた。母より肉づきがよくたるんでいて熟れ過ぎた、凄味《すごみ》のある裸で、父にふれることなく父を、私を圧倒していた。

母より下劣で、腐敗する寸前のきわどさを秘めた裸に、私は不快感を覚えながらも吸いよせられていた。おそらく父も。

母よりも淫《みだ》らで女くさく、全身全霊をかけた裸に。

父が、春枝おばさんの身体《からだ》をバスタオルで包み、ベッドに横たえる。春枝おばさんが恍惚《こうこつ》と目をとじる。

前屈《まえかが》みになった父が、バスタオル越しに春枝おばさんの身体を揉《も》みしだき、指の力を浸透させていく。

甘ったるいため息が聞こえてきそうだった。

しゃがんで、耳をふさいだ。目をぎゅっとつむって、自分のすべてを閉ざそうとした。無駄だった。すぐそばで繰り広げられる情景が、瞼《まぶた》の裏で展開するだけだった。

私は目をあけ、やみくもに無花果の葉をかき集めた。手がふるえた。ママ、とつぶやく。

指に、かたいものがぶつかった。無花果の葉に隠れて小枝があった。不自然に折られた小枝が、何本もあった。

「ママ……?」

母はここで、何を見たのだろう。

見せたくないものは、見えないようにするのよ。

母が言っていた。無花果の実を頬にあて、毒々しく微笑していた。

あの時、母は母ではなく、女の人だった。

私は束ねた無花果の葉を、根元にばらまいた。母を守るように、母の秘密を封印するように。

私の頬に、涙がつたった。無花果の葉に水滴ができた。まばたきをしても手の甲で拭《ぬぐ》っても止まらず、氾濫《はんらん》したようにあふれた。

私は、ぐしゃぐしゃに顔をこすった。

母が死んでから、初めて芯《しん》から泣いた。身体をぎゅうぎゅう絞るように泣いた。呼吸が速くなり、自分の中が嵐《あらし》になる。身体のひきつりとともに水分を放出すると、しだいに爽快《そうかい》な心地になっていった。無花果の葉を小枝を踏み、果実のない木を見上げる。夕闇が私を包む。一番星が最後の涙一粒みたいに光る。

施術室は薄暗く、静寂だけが滞っていた。

「絵子。帰っているのか」

父の呼ぶ声がした。玄関から春枝おばさんが去って行った。首にきらびやかな緋色の、マフラーを巻いていた。

翌朝、七本目の電信柱に無花果の葉を一枚供えた。風に飛ばされないよう石をのせた。

ひまわり弁当の前に生徒が群がっている。

私は唇をかみ、早歩きで通り過ぎようとした。

「絵子ちゃん」

春枝おばさんは目ざとかった。

「絵子ちゃん。おはよう」

負けてはいけないと、春枝おばさんを真っ向から見つめた。勝ち負けの問題ではないけれど。

「おはようございます」

「今日はね、フライドチキンがたくさんあるよ」

フライドチキン。生徒達が歓声を上げる。私の心に無花果の果実みたいなしずくが落ち、波紋を広げた。

母のお葬式があった夜、父が買ってきたのはフライドチキンではなかったか。父はそれを、どこで買ってきたのか。

私は鼻で笑った。生ぬるい風が頬を撫でていった。

フライドチキンの味は、もらわなくてもわかる気がした。

母の四十九日が終わると、あちこちで梅の蕾《つぼみ》がほころびはじめた。

いつものように、トーストとコーヒーの食卓を父と囲んでいた。バターに蜂蜜にいちごジャム、シナモンにグラニュー糖。

母の遺影はしまわれ、祭壇は仏壇に変わった。

「絵子」

白衣姿の父に、萎縮《いしゅく》することはもうなくなった。逆に、制服姿の私に父が萎縮するようになるかもしれない。

「何」

トーストの焼き加減もコーヒーの丁度いい濃さも、父は習得した。

「一緒になりたい、人がいるんだ」

私はトーストをかじった。お風呂場《ふろば》で乾燥機のブザーが鳴る。今朝はタオルを十枚、バスタオルを四枚、シーツを二枚、その他に父と私の下着を洗濯した。

「勿論、今すぐじゃないし、絵子の気持ちを考慮してから」

焦《あせ》って言葉を継ぐ父が微笑《ほほえ》ましくて、おかしかった。

「いいよ」

窓の外の花壇に新芽が芽吹いていた。無花果も果実をつける準備をしているだろうか。

「いいのか?」

良い、悪いではないのだ。難しいとか簡単とかでもない。

「しかたがなかったんだよね」

母の死も、父と春枝おばさんのことも。

「しかたがなかったんでしょう?」

私は満面の笑顔で祝福しようとしたが、うまくいかなかった。顔は素直にゆがんだ。

父を責めているわけではなかった。

「しかたがないんだよね」

それはなんて清々《すがすが》しいあきらめだろう。

私はやっと笑った。子供らしくない顔だったと思う。けれど正真正銘の私だった。

父は決まり悪そうに頭をかいた。トーストにもコーヒーにも手をつけていない。

「ひとつ、条件があるの」

「なんだ」

素早く父が顔を上げ、身を乗り出した。

「洗濯物、たたんでしまっておいてくれる？」

父は拍子抜けしたようにまばたきをした。

「あと、朝ごはんの後片づけも」

シナモントーストに赤く輝くいちごジャムをたっぷりのせ、大口をあけて頬張った。

父は呆気《あっけ》にとられていた。

来月私は中学生になる。

中学校入学式の付き添いは、春枝おばさんだった。父とは入籍しておらず、同居もしていなかったが、私がそう望んだのだ。

いずれ、いつものこと、になるのなら、早めに慣れたほうがいい。

私の思惑どおり、制服姿の私に父はいささか萎縮した。

お風呂場や洗面所、トイレに私がいると、臆《おく》するように様子をうかがうのだ。

「絵子？　入っているのか」

父がトイレをノックした。私は下着についた赤い染《し》みをつくづくと眺めていた。

「あ、ごめんなさい。もう出る」

「早くしなさい。待ってるから」

リビングで春枝おばさんが待っているのだ。

玄関先に桜の花びらが散っていた。まだなじまない制服で表札をみがく。数ヶ月後か数年後、黒く塗り潰《つぶ》された『美緒』の部分に新しく『春枝』と上書きされるのだろう。

「おはよう」

沈んだような声に振り向くと、金髪の男がいた。冬のしっぽみたいに、うすら寒い。

「おはよう」

「制服だね」

わざとらしく、変態っぽく言った。

「今日は、二輪だね」

彼は、手にした白い花をぞっとするほど絶望的に見つめる。

「一輪は、君のお母さんにあげようと思って」

電信柱に供えるというのか。もう一輪は誰のために。やはり死者に？

「もう一輪は？」

以前から度々、彼は一輪の白い花を携えていた。

ふっと笑って、彼は言った。

「呪縛からは逃れられた？」

質問をはぐらかされたことに、むっとした。

「呪縛からは逃れられないんだよ」

制服を着た初日につまらないことでむっとするなんて、子供みたいで本当につまらない。表情を取り繕ったら彼がかすかに笑った。

「そうだね」

まるで一年中、冬であるかのように。

冬のまま残りの人生をただ歩くといったように、つぶやく。

「死んでも、呪縛からは逃れられない」

玄関先で騒々しい音がして、春枝おばさんが出てきた。

「ごめんなさいね、絵子ちゃん。お待たせ」

金髪の男は去って行った。つむじ風のような人だ。目をとじたら、母のために、と言っていた素朴な白い花が浮かんだ。

母はどんな色にも染まる白ではなく、何もかもを拒絶した白として死んでいったのか。父を取り込むことも、父に取り込まれることもなく。

「絵子ちゃんは、お母様に似て美人ね」

隣で、春枝おばさんは邪気なく言った。

「春枝さん」

私は言った。もしかしたら母には、恥ずかしくてすぐには言えなかったかもしれないことを。

「私さっき、生理になった」

羞恥《しゅうち》を度胸で上塗りした春枝おばさんとは、肉親ではなく同志になれるのではないかと思ったからだ。

憎しみも称賛も、一歩離れたところから見つめられる。

「あら、おめでたいわ。お赤飯炊《た》かなきゃね」

初潮を迎える＝お赤飯を炊くという図式はかなり時代遅れだが、春枝おばさんがうれしそうなのでよしとした。

「入学式に生理ね。もう大人ね。おめでたいわ」

通信販売で購入したような通り一遍のつまらないスーツにけばけばしいバッグを提げて、春枝おばさんはかろやかに歩いた。ひまわり弁当は、もう辞めていた。

「春枝さん。うちの裏庭に無花果があるんだけど」

「あら、そうなの？」

「整体院の窓からよく見えるよ」

春枝おばさんは顔色ひとつ変えなかった。

「無花果の花言葉って、知ってる？」

「さあ」

無垢《むく》な表情にこっちが呆《あき》れてしまう。

「実りある恋、裕福。または証明」

母は最期《さいご》まで潔《いさぎよ》かった。哀れなほど高潔だった。

「素敵ね」

目を輝かせて言った。

「春枝さん。大人って楽しい？」

私が問うと、目をぱちくりさせて小首を傾《かし》げる。中年の可愛《かわい》さ全開でお化粧が濃くてパーマ液の匂《にお》いがして、辟易《へきえき》した。

「楽しいこともこわいこともたくさんあるわ。でも、恐れることはないわ」

前を向いて、太い足で、勇ましく前進した。道しるべのように桜の花びらが点在している。

「恐れずに、裸で立ち向かうよ」

空を仰いで宣言した。

春枝おばさんとふたりで、七本目の電信柱を越えた。

まばたきがスイッチ

まだ明けたばかりの空の、薄いブルーに映える金髪を美しいと思った。三階のベランダから彼の姿はよく見える。地上にいる彼にも、私がよく見えるのだろうか。

「そんな格好でベランダに出るなと言っただろう」

後ろから夫がたしなめる。ネクタイをきつく結ぶ手元。結婚当初は私が結んであげていた。ゆるく。

「見て、お向かい。私より早く洗濯物を干してるの」

Tシャツにレギンス。特に恥ずかしい格好とも思えない。しいていえばノーブラだということとだけど、Tシャツは黒だし、局所の尖《とが》りなどわからないだろう。

夫は何もこたえない。

「お味噌汁《みそしる》あたためるけど」

ガスコンロを点《つ》ける前に、夫は立ったまま、ダイニングテーブルに用意したおにぎりをわしづかみにした。

ああ、と私は思った。

たるんだ肌と身体《からだ》をさらすなと、言いたいのだ。

化粧をしてもしなくても大差のない、どこかぼんやりした顔はむろん素顔で、肩までの髪を無造作に束ねている。前髪のない、額まる出しの落ちかけたパーマヘアが定番となった。

美容院に行くのは、一年に一回あるかないかだ。

夫とのセックスの回数と、どちらが多いだろう。

「にんにく食べる？」

私は言った。夫は怪訝《けげん》な顔をして、食べかけのおにぎりを皿に戻した。べたついた指をしきりに舐《な》めている。私は、ガスコンロのスイッチを切った。

洗濯かごに残った、夫のたるんだパンツを干し、網戸をしめる。

金髪の彼も、黒いTシャツを着ていた。

「今日もいつもどおりね？」

語尾を上げるのは一応の礼儀だ。市役所勤務の夫のタイムテーブルは規則正しく、行事がある時以外は六時三十分きっかりに帰宅する。

「いってらっしゃい」

いってきます、の言葉がないのに「いってらっしゃい」を言うのは礼儀知らずだろうか。

玄関の鍵《かぎ》をしめてから、夫の食べかけのおにぎりと、ぬるい味噌汁を捨てた。

網戸をあけ、干した洗濯物のしわを伸ばす。

金髪の彼が干した、すべて男物の洗濯物が、どこかぎこちなく風に揺れている。


夫が出かけた後の私のタイムテーブルも、大概決まっている。私達夫婦に子供はないから、夫が起きてくる前の一時間であらかた家事は終わってしまう。私は七時三十分から八時三十分まで、コーヒーを飲んだり新聞を読んだりテレビを観《み》て過ごす。新聞は夫が取り始めたのだが、読んでみるとわりとおもしろく、特に読者の投稿欄は興味深い。私が一番楽しみにしているのが、悩み相談のコーナーだ。それは地域の特産品紹介や主婦自慢の節約レシピなどの記事に埋もれるように地味に、そっと、あるのだが、なんていうか、世の中の片隅で日の目を見ずにもがいている息づかいが、聞こえてくるようなのである。

たくさんのたったひとりが、ひとつずつ持つ、くだらなくも高尚な悩みだ。

『妻が韓流《ハンりゅう》スターに夢中で私にかまってくれない。どうしたらいいだろうか』

という中年男性の真剣な苦しみを、著名な大学教授が懇々と諭していたりする。

ありがちなのが妻の不倫や離婚願望だ。こたえがまたありがちで、『踏みとどまるように』とか『夫の魅力を再確認してみましょう』とか、通り一遍の鼻白むようなものばかりなのだが、いつだったか、

『たとえ専業主婦でも、女はいざという時のために最低百万円は隠し持っているべきでしょう』

という型破りなこたえがあった。回答者は熟年の女流作家で、自身も結婚や離婚を繰り返していた。

いざ、というのはどういう時だろう。

いざ。語感はとても勇ましい。「いざ」。声に出してみると、自分が革命家にでもなった気分になる。

「いざ」

ベランダに出て、言ってみた。

たちまち朝陽が新鮮になり、眼下の花壇で群生するひまわりや通勤や通学に急ぐ人々、俗世間の喧騒《けんそう》から、私だけが大きな泡のようにふわりと浮いた。

目をとじて世界にふたをすると、かろやかにどこかに飛んでいけそうだった。

新聞の悩み相談にもありそうな、ここではないどこか、だ。

ふと思う。世界はまぶたというスイッチで開閉可能なのだと。

けれどそれは、ここではないどこか、ではなく、ここではないここ、に過ぎない。

目をあけた。洗濯物が怯《おび》えるように震えていた。

百万円。それは気の遠くなる金額でも、何のとりえもない主婦がおいそれと手中にできる金額でもなかった。その曖昧《あいまい》さが、私には心地よかった。

私に、いざ、がきた時に、百万円という切符があればどうにかなるというのか。いざ、がくるかどうかも、女流作家が言う、いざ、の意味もよくわからないけれど。

二十六歳の時に初めて見合いをし、ときめくとか落胆するとか、ややこしいこともなく、たぶん向こうもそうだったので、流れのまま結婚をした。市役所勤務の妻がそこいらで働くなんて体裁が悪い、という台詞《せりふ》を鵜呑《うの》みにして、十二年間も専業主婦をしてきた。八歳年上の夫の収入は生活するに十分だし、夫いわく、働く道理がないのだった。

結婚前に貯《た》めていたお金はそのまま夫名義の通帳に移した。当然のこととして、そうした。私の両親は、秀《ひい》でた能力も美貌《びぼう》もない私が片付いたことで安堵《あんど》したのか、結婚後、立て続けに病死した。治療費に葬儀代、雑多な手続きはすべて夫が取り仕切った。元私名義の貯金は、それでゼロになっただろう。

コーヒーを飲み干すと、テレビの時計が八時二十五分になっていた。

私は携帯電話を取り出し、レポート用紙と筆記用具を準備した。窓をしめ、カーテンを引く。

金髪の彼は、もう出勤しただろうか。それとも、私のように部屋でくすぶっているのだろうか。

八時三十分から三時までは、仕事をすることにしている。

途中に昼休憩を入れるが、指名が入ることもあるので簡単なものをつまむにとどめる。勤務時間はだいたい六時間。完全在宅勤務であり、身体があいた時にいつでも勤務に入れること、ノルマがないのが決め手となった。月曜日から金曜日まで、部屋でくすぶっていなければならない私にとって、最良の仕事といえた。

八時三十分になったと同時に、テレビを消す。

レポート用紙に適当な女の名前を書き、その下に年齢と職業を書き入れる。美香《みか》、三十五歳、シューズメーカー勤務。綾菜《あやな》、結婚したての主婦、二十五歳、妊娠中、など。外見の特徴や趣味、現在の状況などをメモし、控えめさをよそおった自己アピールをメッセージとして記す。リアリティを出すために、平日の朝っぱらから暇な理由も添えておく。シフト勤務の職業に限定することもあれば、会社をサボってしまった、とか、具合が悪かったけれど治っちゃって暇、など、たまたま今日だけこんな冒険をしているという演出をしたり、男がほしくてたまらない、今すぐやりたい、という露骨なものを織り交ぜたりする。顧客は日本各地にいるので、住所設定も全国展開にしなければならない。パソコンを起動し、訛《なま》りや方言なども検索しておく。あらゆる造語や隠語に対処できるよう、インターネットを立ち上げておくのは、マニュアルの筆頭にある。

レポート用紙一枚につき一名、十人分のデータをしたためてから、携帯電話でメッセージを吹き込む。声色も十人分使い分ける。あらかじめ作成したメッセージは一瞥《いちべつ》するにとどめ、あとはアドリブでいく。長々吹き込まないのがコツだ。長ったらしいとかえってわざとらしく、ライブ感がなくなる。

ここまでの作業で、約一時間。背中をそらし伸びをして、こめかみを指でおさえた。しんと静まり返った部屋で、多重人格のように様々な自分を切り売りする。まさか私にこんな芸当ができるとは思わなかったが、それよりも、未《いま》だにテレクラを利用する男がいるという事実に驚かされた。軽々ときわどい画像が入手できる昨今、むしろ声だけの方が想像力が増し、興奮するのかもしれない。

コーヒーメーカーをセットし、新聞に挟まっていたスーパーの広告に手を伸ばしたところで、携帯電話が鳴った。

『ユリエサンニ、ショウタサンカラ、オデンワデス』

機械的な音声に続き、ピーという発信音が鳴る。

私はレポート用紙を繰り、百合絵《ゆりえ》のページを探す。キャラクターのプロフィールを瞬時に頭に叩《たた》き込み、美津子《みつこ》という人物を彼方《かなた》に追いやる。

美津子。

私の名前なのに、随分と遠い。

百万円という金額より、百合絵という女より、携帯電話の向こうの見知らぬ男より、馴染《なじ》みがない気がする。

「美津子」

声に出してみても、彼女がいったいどこにいるのか見当もつかなかった。現れたのは、テレビ画面の暗闇《くらやみ》に映った、ぼやけた輪郭だけだ。幽霊のような、無機質の物体のようなそれは、百合絵の仮面をかぶった、正体不明の女、の私をあざ笑っているようにも、ここから出してくれと訴えているようにも見える。

美津子はもう、とっくに遥《はる》か彼方にいってしまっているのかもしれない。

『ユリエさん？　俺、ショウタってんだけど』

はっとして、携帯電話を耳に近づける。歯切れの悪い口調。二十代、学生かフリーターといったところか。私は百合絵に成り代わる。三十歳、主婦、授乳中。ややぽっちゃり、Ｆカップ。

『母乳、出る？』

首と肩で携帯電話を支え、コーヒーメーカーからコーヒーをそそぐ。「出るわよ」クスッと、恥ずかしげでいやらしい笑みを込めた。

携帯電話の向こうで、ごそごそと音がする。服でも脱いでいるのだろう。私は二杯目のコーヒーを飲みながら、広告にざっと目をとおす。駅前のスーパーで茄子《なす》とトマトの安売りをしている。男は勝手にやりはじめた。私は冷蔵庫から熟れたトマトを、戸棚から割《わ》り箸《ばし》と果物ナイフを出した。

『母乳、飲ませてよ』

男があえぎながら言った。

「いいわよ、吸って。もう、あふれそうなの」

熱っぽい声で誘い、果物ナイフでトマトのヘタを切る。『俺もあふれそう』男が言う。「私もよ、私もあふれそう」壁にかかった時計を見る。まだ五分しかたっていない。まだいかせるわけにいかない。「だめよ、だめ。ここもさわって」私ははあはあと息をはずませながら男を引き止める。『ユリエさんのあそこ、ぐちゃぐちゃだね。音をきかせて』「いいわよ、ほら、こんなになってる」私は、ヘタを取った熟れたトマトに携帯電話を近づけた。トマトに割り箸を突き刺し、ぐちゃぐちゃにかきまぜる。『すごいいやらしい音』

男が歓喜のため息をもらす。

「ね、おっぱいもう少し吸って」

トマトをかきまぜながら、今日の夕食はチキンのトマト煮込みにしようかと考えた。駅前のスーパーで安売りしているし、今日もあと数個トマトを使うことになるだろう。壁の時計を見ると、十五分が経過していた。どこかのスーパーで鶏肉《とりにく》の安売りはしていないかと、フローリングの床に散らばった広告をめくると、男はあっけなく果てたようで、いつのまにか携帯電話が切れていた。十五分、一発で五百円。出だしは好調だ。

カーテン越しの日差しが強くなった。壁の時計は十二時になろうとしている。床には、ヘタを取ったトマトが三個、新聞、広告、飲みかけのコーヒーカップ、レポート用紙に携帯電話。私を取り囲むように点在している。

窓をあけ、深呼吸をした。

このマンションに引越してきて半年がたった。予想外の引越しだった。以前住んでいた官舎が土地開発計画にひっかかり、一年以内の立ち退《の》きを余儀なくされた。夫の勤務先である市役所が、慌《あわ》ててこの新築マンションをあてがった。官舎在住の三世帯が、いっぺんにここに居を移した。市役所の官舎が土地開発計画の影響をうけるとは皮肉なものだが、引越しといっても同じ市内だから大掛かりではなかった。

三階建ての低層マンションの三階。南向き角部屋。垣根を挟んで二階建ての木造アパートがある。

昔の長屋を彷彿《ほうふつ》とさせる、横長の古めかしいアパートが男子寮だと知ったのは、住み始めてしばらくしてのことだった。

私が毎朝五時に起き、リビングの窓をあけると、お向かいのアパートはもうにぎわっている。庭の掃除やゴミ収集、あるいは体操など、きびきびと活動している。六時になると、洗濯物を干し始める。日々観察してわかったのだが、掃除当番やゴミ当番、洗濯物当番など順繰りに回しているらしいのだ。

まちまちな年齢層から、学生寮ではないことはあきらかだった。五十代、六十代風の髪がまばらになった男もいれば、三十代とおぼしき血気さかんな男もいる。共通しているのは、肉体労働者だろうということだ。獣じみた汗臭さが三階にまで蒸発してくる。

「お向かいのアパート、株式会社タイタン男子寮って言うのね」

アパートの入口に看板があった。夕食時に夫に言うと、

「飯、もう少し」

新聞を片手に、ご飯茶碗《ぢゃわん》を突き出した。沢庵《たくあん》をぼりぼりと噛《か》み砕く。私はご飯をたっぷりよそい、夫に返した。翌日、インターネットで『株式会社タイタン』を検索した。スポーツ関係のインストラクターや、介護ヘルパーを企業や病院に派遣する会社だった。タイタン。強そうな語感だった。強そうな男がいる会社なのだ。

タイタン男子寮に新しい男が入ってきたのは、三ヶ月ほど前だ。髪を金色に染めたその男は、おそらく二十代で、おそらくタイタン男子寮で一番若かった。三ヶ月前から、彼が洗濯物当番になった。なぜ順繰りではないのか、彼が下っ端《したっぱ》だからか、社員ではなくアルバイトなのか、何か事情があるのか、私にわかるはずもなかった。

けれど、とにかく。三ヶ月前から私と金髪の彼は毎朝、まるで示し合わせたように、同じ時間に洗濯物を干すようになった。雨の日以外の朝の十分もしくは二十分。私のひそやかなたからものであり、外の世界を垣間見る《かいまみ》ひとときでもあった。そのせつな

は、デートといっても過言ではない。バーゲンで買った黒のTシャツにレギンスでも、素顔でも、ひっつめた髪でもかまわない。金髪の彼は私を見てはいないのだ。私が金髪の彼を見ているのだ。私が、見ている、という事実が、私を取り巻くひんやりとした空気を、なめらかな羽衣にし、皮膚をほんのりとあたためた。私にも血のめぐりや体温があったのだと戸惑い、小刻みにまばたきする。鉄筋コンクリートのベランダが、透明な清潔さをよそおった、かぐわしい空間に変わる。ノーブラの胸の尖りが、自己主張をする一瞬。

笑ってしまう。そのわずかな瞬間だけ、美津子がかえってくるようなのだ。美津子という輪郭が光の粒になって、星座のように私をきらめかせる。美津子という、たったひとりの女の、息づかいが聞こえる。新聞の悩み相談に載るような、くだらなくも高尚な息づかいだ。

携帯電話が鳴った。壁の時計は十二時二十分になっていた。コーヒーを一気に飲み、窓をしめる。

駅前のスーパーで茄子を五本とトマトを十個、それに鶏肉を買った。駐輪場で同じマンションの住人、同時期に引っ越してきた市役所職員の妻とすれ違ったが、気づかれなかったので無視した。前の官舎は建物全室に職員が住んでいたので、付き合いや規則が面倒だったが、土地開発計画のおかげで離散して、だいぶ肩の荷が下りた。とはいえ、新居を構えた三世帯で一度くらい会食しようという話がまとまってしまったのには閉口したが、それがこの仕事にありつけたきっかけでもあるのだから人生はわからない。

食事会の前に髪の手入れをしようかと思いたったのだ。

まだ手探り状態だったこの街の美容院に初めて行ったのは、引越ししてから半月後のことである。

傷《いた》んだ部分をカットしてもらう間に、女性週刊誌を読んだ。おざなりにページをめくっていた指が、ある部分で止まった。

『テレフォンアポインター募集。完全在宅勤務。ノルマなし。熟女大歓迎』

時給二千円。まともではない匂《にお》いがした。サクラ業務だろうと予測はできた。頭上で、ハサミの音がした。我知らず傷んでいた髪が切り落とされた。次々に切られ、落ち、白いフロアを汚していく。顔を上げると、鏡に、目ばかりが洞《うろ》のように不気味に黒い、肌のくすんだ女がいた。

百万円。脳裏に浮かんだのはその金額で、私はただちに『テレフォンアポインター募集』の電話番号を記憶した。

美容院から出てすぐに電話をかけると、若い女が出て年齢とメールアドレスを聞かれた。帰宅すると早々にパソコンにメールが届いていた。在宅勤務者登録用のＵＲＬと、身分証の画像を添付して送信するようにとの指示があった。運転免許証の画像を送信すると、今度はマニュアルが添付ファイルとなって届いた。仕事の取り組み方から、ペナルティ、給料の振込み日などが事細かく記されていた。

自分でもあっけにとられるほどの素早い段取りで、私は仕事を開始した。


夫は、チキンのトマト煮込みをくちゃくちゃ音をたてながら食べている。背中を丸めて、テーブルの上の皿に顔を近づける。そういうのは犬食いというのではなかったか。バター犬ならぬトマト犬だ。あそこの擬音は、トマトが一番ふさわしい。主婦の節約レシピに並ぶ主婦の生活の知恵だ。新聞に投稿してみようか。

「おいしい？」私は言った。夫は、ああ、と言った。片手に新聞。茄子の浅漬けを口にほうり込む。

あなたも、私のあそこをおいしく味わったことがあった？

私って誰だろう。明日も五時に起き六時に洗濯物を干す。ふたり暮らしだから洗濯物など微々たるものだが、私は毎朝きちんと洗濯をする。金髪の彼と私の密会のために。私が私とデートするために。

数週間前、夫のワイシャツのポケットに紫色の名刺が入っていた。『女装バー 抱擁』の印字と手書きの女の、もしくは男の名前と電話番号。一応、問い質《ただ》すとか、名刺を抜き取っておくとか、破って捨てるとか、した方がよかったのだろうか。

数日前、夫のスラックスのポケットに朱色の名刺が入っていた。『SMパブ ターンオーバー』の印字とやはり手書きの人物名と電話番号。

私は黙って、それらを元に戻した。

夫は、どこに行こうとしているのだろう。

洗いざらしの顔で、髪を後ろで束ねる。額が少し広くなった。髪がやや伸びた。毛先が傷んできた。

まだ明けたばかりの空の、ブルーが日に日に濃くなる。私は、丁寧に几帳面《きちょうめん》に洗濯物を干す。夫のたるんだパンツ、靴下、アンダーシャツ、ハンカチ。タオル、バスタオル、布巾《ふきん》、枕《まくら》カバー。

私のブラジャーにショーツ。私の肌と同じにくすんでいる。

金髪の彼が洗濯物を干している。生《なま》っ白《ちろ》く骨ばった腕で、Tシャツの袖《そで》に物干《ものほ》し竿《ざお》を通し、形を整える。タオルは両手でぴんと伸ばし、洗濯バサミで止める。手際《てぎわ》よく、干し方もこなれてきた。

いつしか私は、ベランダで立ち尽くしていた。

夫は出勤してしまった。私も、仕事の準備をしなければ。冷蔵庫にトマトが八個、用意してある。熟れて果肉が飛び出しそうなトマト。

ベランダに身体をあずけ、彼がいなくなった、殺風景な庭を見下ろした。

雨の日以外の朝の十分、二十分。束《つか》の間《ま》、私の胸が鼓動を打つ。素顔で、ひっつめた髪で、私は彼を見つめる。私は、どこに行こうとしているのだろう。私の中にあるわずかな水分は、果肉は、何を求めているのだろう。

やがてひまわりが頭《こうべ》を垂れ土にかえり、道路が落ち葉で埋め尽くされる。薄青の空が群青《ぐんじょう》になり、丸々太った雲は痩《や》せて薄っぺらになる。乾燥し、裸になった木々は空っ風になぶられ、鮮やかだった色合いに灰色のベールがかけられる。

日毎《ひごと》視界に飛び込んでくる景色も、実はまばたきするたびに姿を変えている。一呼吸ごとに世界は進んでいく。あたりまえにある太陽も空も光も、なくならない保証はない。今、私がよりかかっている鉄筋コンクリートでさえ、じきにくたびれてくるだろう。タイムテーブルは同じではない。同じだという思い込みは、逃避なのかもしれない。

目をとじる。目をあける。

いつでも、ここではないここ、に過ぎない。

私は、凪《なぎ》のようにたたずむ。

ここでしかないここに、たたずむ。

金髪の彼が、アパートから出てきた。置きっぱなしにした洗濯かごを抱える。

私の心臓がひとつ鳴る。首をふる。

仕事をしなければ。私ではない私を求めてくれる人がいる。私の中の引き出しをあけて、細切れの私を売り飛ばす。

いったい、いくらになっているのだろう。仕事を開始してから半年になるのに、私は通帳を作っただけで記帳していない。

玄関のチャイムが鳴った。

頭をふり、重心に力を入れ、きしむ手足をなんとか動かして歩く。

ドアノブに手をかける。

うつろだったから、テレビモニターを確認するのを忘れた。

目の前に、金髪の彼が立っていた。

うつろだったから。

言葉も忘れた。

息を吸うのも、吐くのも。

「すいません」

彼が言った。逆光が、彼の姿を金色に縁取っていた。金髪はプラチナのように尊く輝いていた。光をあびてナイロンの糸のようになった髪の一本一本が、私の身体を刺した。ぞくぞくとした、こそばゆい寒気。口の中は乾いているのに、胸のあたりがじわりと湿ってくる。

「あの、何か？」

かろうじて、私は言った。

「これ、お宅のじゃないですか？」

彼が、おずおずと手を出した。

手には、肌色のタンクトップが握られていた。

いかにも、先程私が洗濯したものだった。

「垣根に引っかかっていたんです」

お宅のマンションの前の、と決まり悪そうに言い、頭をかいた。

「ありがとうございます。わざわざすいません」

乱れ打ちになった心臓を悟られまいと、整えても整えようがない髪を撫《な》でつけ、額の後れ毛を指でもてあそんだ。サンダルをつっかけて、彼から洗濯物を受け取る。素足の踵《かかと》の角質とペディキュアのない爪《つめ》を恨んだ。

黒のスウェットごしにも見てとれる細くまっすぐな足。不健康そうに白く、節のある指が、男らしさとはかけはなれていて、胸がこそばゆくなった。

「でも、あの」

私は肌色のタンクトップを、自分ごと隠すように両腕で抱え込んだ。よりによって肌色だなんて。

彼が、切れ長で澄んだ目を、心持ち見開いた。

「なぜ、うちのだってわかったんですか」

肌色だから。くすんでいるから？

彼は首を傾けて、唇をゆるめ、手持ちぶさたを隠すように、髪をかきあげた。

「このあたりで、一番早く洗濯物を干しているのは、お宅だから」

朝陽のような、ぼんやりとしているが、すっとした姿勢のよさと、照れ臭そうなしぐさが、彼の純朴さをかもしだしていた。黒のTシャツ、二の腕、首筋、鎖骨。

実直そうな、低い、清々《すがすが》しい声。

どれもが際立ち、鮮烈だった。

「そう、ですか」

たどたどしく笑う。頰に赤みが差した、気がした。

「じゃあ、これで」

彼が軽く頭を下げた。見慣れたつむじが、違う形となって私の前に現れた。ほのかな整髪剤の匂い。根元の黒い部分が、私にこれは現実だとおしえてくれる。

「あの」

肌色のタンクトップは、まだぬれている。私はその湿り気を胸に抱いた。

彼は、首を傾《かし》げて、濁りのない目を私に向けた。

「開襟《かいきん》シャツを干す時は、洗濯バサミでとめるんじゃなく、ハンガーを使った方がいいです。洗濯バサミだと型崩れしてしまうから。風に飛ばされないような、専用のハンガーもホームセンターに売ってますから」

一気に言った。命を与えられた言葉が生きたくてしかたがないというように、私から勢いよく巣立っていった。

言ったのは私なのに、言ってから急速に緊張した。足が冷たくて頰が熱くて頭が膨張するように痛くて、ばらばらだった。

「ありがとうございます」

彼は、若々しい正しさで礼を言い、ぶっきらぼうに頭を下げた。

玄関のドアがとざされ、彼の足音が遠のいていく。

光が去った玄関で、私の意識もだんだんと覚めてきた。胸にぴったりとはりついた肌色のタンクトップは、ぬれたましわになり、私の胸にまでしみをつくった。汗と柔軟剤がまざった、なまめかしい香りがただよう。息苦しいほどに。

髪のゴムをほどき、頭をふった。落ちかけたパーマの髪が、額や頬や首筋をくすぐった。肌色のタンクトップを洗濯かごに投げ入れ、着ていたTシャツとレギンスを脱いで続けて投げ入れた。

着替えて、赤い口紅だけを濃くつけた。財布と銀行通帳と携帯電話をバッグに入れて、私は外に出た。

通勤通学ラッシュを終えた街並みは、まどろんでいるようにのどかだった。

駅前のコンビニエンスストアやファーストフード店で時間を潰《つぶ》し、銀行で記帳を済ませた。頃合を見計らって、適当な美容院の扉を開けた。

ガラス張りの、開放感のあるそこは、予約なしでも快く受け入れてくれた。

「急なお出かけですか？」

店長らしき中年女性は私を同年代と察したのか、ざっくばらんに話しかけてきた。

「いえ、そういうわけでは」

口ごもった。鏡に映る私の表情が、引きつっていた。

店長が私の髪を丁寧にとかしていく。豊かな髪ですね、どのようにいたしましょう？　無言でうつむいている私に語りかける。久しぶりにつけた赤い口紅が、糊《のり》のように私の唇を塞《ふさ》いでいる。

「お客様？」

私の肩を揉《も》みほぐしながら、店長が私の様子をうかがった。

「あの」

くぐもった声で言った私の膝元《ひざもと》に、さりげなく女性誌がのせられた。

「少しカットして、パーマをかけて……」

鏡の中で、店長がゆったりと微笑《ほほえ》んだ。

「それから」

鏡に映った時計の針が、十時三十分をさした。客がぱらぱらとやってくる。皆、晴れやかな様相をしている。

「前髪を」

虹色《にじいろ》のような、とりどりの客の服、化粧、声。まばゆさに酔いそうになる。

「前髪を、作ったら、少し、若くなりますか？」

店長の微笑が、満面の笑みになった。

「顔立ちがはっきりしていらっしゃるから、今よりも垢抜《あかぬ》けると思いますよ。若返り効果も十分です」

勿論《もちろん》今もお若いし素敵ですけど、と付け加え、私をシャンプー台へと案内した。

リクライニングシートに身体をうずめ、静かに目をとじた。

「お痒《かゆ》いところはございませんか」

シャンプー担当の若い女が尋ねる。顔にガーゼをかぶせられ、耳に綿をつめられたせいで、頭上からの声が山びこのように反響する。

私は、いいえ、とこたえる。

店内に流れるゆったりとしたクラシック。若い女の指使いと水しぶき。

お湯が、私の身体と心を、やわらかくとかしていく。

まだ明けたばかりの空の、霞《かすみ》がかかったブルーに色鉛筆で描いたような淡い雲が浮いている。まろやかになった日差しが、金髪に降りそそぐ。

三階のベランダ。地上の金髪の彼。私の足元には洗濯かご。長袖のTシャツにレギンス、素顔、無造作に束ねた髪。何も変わらない。

何も。

夫のたるんだパンツを、タオルを布巾を、干していく。

洗濯かごの底に残った、私の赤いタンクトップを干した。

ベランダから、眼下を見下ろす。

彼が、開襟シャツを干している。洗濯バサミではなくハンガーを用い、しわを伸ばし形を整え、次々に干していく。

胸が高鳴る。恋ではない。恋ではないことを知っている。このまなざしの、彼を伴って生まれる感情の、一瞬一瞬を数珠《じゅず》つなぎにして、生きる源にしたいのだ。女であるための、恋の、雛形《ひながた》に過ぎないのだ。

女であるための、水分の、果肉のための。

糧《かて》なのだ。くだらなくも高尚な、私の。

彼が、上を向いた。

初めて上を向いた。私を見つめた。何も変わらないはずの景色が、瞬時にぶれた。

硬直する身体とはうらはらに、美津子が躍動した。

彼が、額に手をあてた。私を見上げて、私をそっと指差し、自分の前髪を引っぱった。

息を飲んだ。

彼は、私の額をおおう、生まれたての前髪を認めたのだ。

ベランダをつかむ、手が強張《こわば》った。私の全部が、鉄の棒のようになった。内側の美津子だけが、嬉《き》々《き》としていた。

私は目をとじ、あけた。

彼はまだ私を見ていた。洗濯物は干し終わっていた。風が私の頰をかすめた。前髪がさらさらとなびいた。

彼が、両手を首の後ろに持っていった。私もつられて、両手を首の後ろに持っていく。彼が、何か言っている。何か。私は前のめりになる。
ハ、ズ、シ、テ、ミ、テ。
彼の口が無《む》垢《く》な金魚のように動いた。

ハズシテミテ。

この場所だけ、時間の枠からこぼれ落ちたように、止まっている。

ハズシテミテ。ゴム。

髪のゴムをはずせというのか。首筋がかっと火照《ほて》る。言われるまま、束ねた髪をほどいた。

肩に、ゆるりと髪がこぼれる。ふわふわと、シャボンのように髪が跳ねる。風を含み楽しげに踊る。

私は目をとじ、あけた。

彼はじっと私を見ていた。そして笑った。

あどけなさと悪戯心《いたずらごころ》をないまぜにした、小賢《こざか》しい笑顔。気持ちのいいくらい、無邪気な好奇心だけを貼《は》り付けた笑顔。

そうしてくるりと背中を向けた。何事もなかったかのように、洗濯かごを手にアパートに入っていく。

私は髪をかきあげた。ふっと息をついて、髪をまとめ、ゴムで結わえた。

恋ではないことを知っている。ほんの少しばかりの、日常の亀裂《きれつ》。神様が気まぐれに余所見《よそみ》をして、時間が止まっただけだ。

洗濯かごを抱え、後ろ手で窓をしめた。花壇のひまわりは枯れ、茎は湾曲した。焦《こ》げ茶色になった花には、ぎっしりと種が詰まり、地に落ちて芽吹くのを待ち構えているだろう。

ダイニングテーブルに、おにぎりと味噌汁を用意した。

おにぎりの具は鮭《さけ》、味噌汁は舞茸《まいたけ》と油揚げだ。

「アンダーシャツ、長袖のを買っておいた方がいいかしら」

鍋《なべ》を水につけながら聞いた。夫はリビングでネクタイを結んでいる。たぶん、きつく。

ああ、とか、うん、とか、言ったのかもしれないが、どうでもよかった。

「今日もいつもどおりね？」

語尾を上げた。夫がめずらしくイスに座り、おにぎりを食べた。

「そろそろ、秋鮭がおいしくなる季節ね」

おにぎりに添えた野沢菜を、夫が箸で突《つつ》いている。虫でもいないかとチェックするように。

「それ、お義母《かあ》さんが送ってくれたの。何かお礼をしなきゃね」

箸でひっくり返したりまとめたりして、食べようとしない。

箸置きは野菜を模した陶器にしている。じきに秋だから、胡瓜《きゅうり》からさつま芋に替えた。

胡瓜だろうがさつま芋だろうが、夫には無関係だろう。

冷蔵庫には相変わらず、トマトが常備してある。

夫はおにぎりをほおばり、味噌汁をずるずるすする。片手には折り曲げた新聞。

ため息すらつく価値がない、と思いながら、布巾で手を拭《ふ》きイスに腰かけた。

「今日もいつもどおりね」

頬杖《ほおづえ》をつき、リビングの窓を眺める。四角い窓、ベランダ。絵画のように静まり返っている。

ひっつめた髪の、首筋がすうすうと寒くなった。髪をおろしただけで、熱が生まれるのだと久しぶりに実感した。

「あれ?」

夫が言った。新聞から顔を逸《そ》らし、私を見つめる。

私は夫に視線を合わせた。

夫も私に視線を合わせた。

食べかけのおにぎり、野沢菜。味噌汁の出汁《だし》の匂い。

切ったばかりの前髪が、まつげの上で揺れる。

額がざわめく。

「なんだ、これ。小骨が入ってるじゃないか」

顔を醜く歪《ゆが》めながら、口を忙《せわ》しなく動かす。

唾液《だえき》と一緒に、取るに足らない小骨が、皿に吐き出された。

私は、前髪をかきあげた。込み上げてくる笑いを押しとどめるように、何度も何度もかきあげた。

ひっつめた髪のゴムをほどき、軽く頭をふる。前髪が後ろ髪が、私をかきたてる。

両手で頬を包んだ。

目をとじる。

まぶたに光があたる。私の、呼吸の音が聞こえる。

目をあける。

「いざ」

私は言った。

心の奥底で、美津子が笑い出した。

夫は怪訝《けげん》な顔をして、べたついた指を舐《な》めた。私は、夫が吐き出した唾液と小骨を、皿ごとごみ箱に捨てた。

銀行通帳の残高は、九十万円に届こうとしていた。

さざなみを抱く

夫が裸で倒れている現場に直面しても驚かなかったのは、夫婦歴三十年の賜物《たまもの》かもしれない。

連絡をくれたのは夫の部下だった。

「す、すいません。泰造《たいぞう》さん、いえ、社長がシャワーを浴びた後にいきなり倒れられて」

しどろもどろに説明する部下と、床でくの字になっている夫を、私はとっくりと見比べた。

「救急車を呼ぶか奥様を呼ぶか迷って、その」

迷った末に私を呼んだのは賢明であろう。しかし。

「脳卒中かもしれないわ。もしそうだったら一刻を争うのよ」

ようやっと私は、部下から携帯電話へと視線を移した。画面に１１９を表示させる。

「何か着せなきゃ」

「はい」

部下はバスルームに駆け込み、夫の下着とガウンを持ってきた。そうだ、彼は秘書課の人間だ。社内パーティで何度か挨拶《あいさつ》を交わした。

「あなたは、ここにいない方がいいわ」

私が諭すと、彼は頬を赤らめ、バスルームに取って返した。

無機質なシティホテルで、突如存在感を増したベッドには、しっとりとした熱気がこもっていた。

リネンは無地でそっけなく、色味がない。

色味がないのに、色がある。

夫と若い男の、湿った時間を目の当《ま》たりにして冷静でいられる私は、実はかなり混乱しているのかもしれない。

サイドテーブルにあった飲みかけの赤ワインを一気にからにし、唇を手の甲で拭《ぬぐ》う。アルコールの熱が身体中《からだじゅう》にめぐるのと同じ速さで、無防備に横たわる夫に、私の手《て》垢《あか》がついていない服を着せた。

買い物の帰りに区立図書館によるのが常だった。本なんて買えばいいじゃないか、と夫は口癖のように言い、自分の書斎に私専用の本棚まで設《しつら》えてくれたのだが、そこにはあたりさわりのない料理の本や「家庭の医学」が収められている。男女の本棚なんて、添い遂げることは永遠にない。たとえ夫婦が添い遂げたとしても。

「らしくないわ」

口に出して言ってみる。言葉はたちまち、私のものではなくなり、らしくない私がらしくない書棚を物色しだすのだ。男女の性欲、同性愛、熟年夫婦の営みについてエトセトラ。普段の私が眉《まゆ》をひそめ、あるいは愚弄《ぐろう》して素通りするどこからうらぶれたコーナー。

「まったく、らしくない」

誰もいないのに周囲を見渡し、さも頼まれたという風情《ふぜい》をよそおい、一冊を手にした。小走りで通路を去ると、あらかじめダミーとして選んでおいた介護食や節約の本の間にねじこんでカウンターに向かった。

お天気の話をするようになったら夫婦は終わりです。日々様変わりするのはお天気ではなく、貴女《あなた》のセクシーさであるべきなのです……

せめてもっとましなものはなかったかと、でたらめに選んだ熟年夫婦向けの指南書にうんざりしたところで、携帯電話が鳴った。夫だった。

『そろそろ病院の時間だろう。その前にトイレを済ませたいんだよ』

「今、行くわ」

同じ家にいながら、夫と私は頻繁に連絡を取り合うようになった。あの日、夫が倒れた原因はやはり脳卒中、詳しくは脳の血管が切れた脳出血で、手術は成功したものの片麻痺《かたまひ》が残り、歩行や排泄《はいせつ》、食事に至るまで介助が必要となった。

それでもご主人の場合は脳味噌《のうみそ》的な後遺症が出なくてラッキーですよ、と若い男の医者が言った。脳味噌的。つまり言語、記憶、認知などの高次脳機能障害を指しているらしいが、運動障害も立派な脳味噌的後遺症なわけで、このいかにも現代っ子らしく軽い物言いに、私の心が軽くなったのは事実だ。

若い男と接すると、否応《いやおう》なく、私の脳味噌があの日の男性社員の裸を連れてくる。脳味噌的に問題ありなのは私の方だ。

運よく夫は二週間で退院の許可が降り、病院が近いこともあって早々に自宅療養に切り替えることができた。

「あなた」

二回ノックしてドアをあけると、夫は興味深げに電動ベッドを作動させていた。

「膝《ひざ》が曲がる角度が絶妙だね、これは」

「あなたトイレでしょ、早くしないと」

「ああ、そうだった。漏れちゃうね」

他人事《ひとごと》のように夫は笑って身体をずらした。私はベッド脇《わき》に折りたたんである車椅子《くるまいす》をセッティングし、夫の上半身をまるごと抱きしめるようにしてベッドからスライドさせた。

幸い、夫は不自由になった身体を新しいものとして受け止め、無邪気に楽しんでいた。私と一緒にトイレに入ることも、座って用を足すことも。

「女の人はこんな気分なんだね。慣れるとこっちの方が便利だね」

すべてを悦《よろこ》びに変換していく過程にはストレスが付きまとう。心底楽しめるようになるまでには悟りがいるし、道のりはいばらだ。

けれど振り返ってみれば、夫の朗らかな性格はストレスからの逃避で、そのしわよせがゲイの一面を作り上げたのかもしれない。

結婚前から夫に何かもやもやしたものを感じてはいたが、三十年たってゲイという回答を出されても、なんだかなぁと脱力するばかりだ。

「あなた、スッキリした？」

「うん。ありがとう」

ウォシュレットで洗った夫のそれをペーパーで拭《ふ》き、再び夫を抱きかかえて車椅子に戻す。夫の顔は、一日に何度も私の胸元に埋められる。

「ねえ、君」

「なあに」

夫の頭から、皮脂と枯葉が混ざったような、くたびれた匂《にお》いがする。

「少し痩《や》せたかい？」

夫がしなだれかかる私の胸元が、薄荷《はっか》のように涼しくなった。以前、この場所は夫の手や唇を心地よく押し返したはずだ。

「痩せてないわ。むしろ少し太ったくらい」

年月とともに弾力が目減りしていく。私の胸の天辺《てっぺん》は、朽ちるように垂れ下がったのだ。

「そうか」

「そうよ」

三十年だもの、と言ってしまったら、その言葉の重みでへたりそうになるだろう。実際の月日より言葉の方がリアルだ。

腕の力を強めると、夫の顔が私の骨にめり込みそうになった。痛いだろうに、夫は何も言わない。

お互い五十を過ぎてから、触れ合うなんて年に何度もなかった。介護というのは、神様からの警告か、あるいはご褒美《ほうび》なのかもしれない。もっと肌を合わせるように、とか、睦《むつ》み合うように、とか。

もっとも夫は、ゲイなわけだけど。

「詩季子《しきこ》」

いつも上から降ってきた夫の声が、数日前以来、下から響くようになった。夫の頭頂部をこんなにまじまじ見つめたことは、かつてなかった。

「今日はいい天気だね」

自宅はバリアフリーにリフォームしてあった。こんなに早く役立つとは心外だったが、段差のない廊下は車椅子を押す私にも負担がない。夫の視界は以前より低くなり、戸惑うこともあると思うが、夫は絶えず穏やかだった。

南天の実が、縁側沿いの窓に赤い水玉模様を作っている。

「ええ。風も少ないし、紅葉もきれい」

「このところはいつも、いい天気だ」

そうだろうか。

れないように。


「そうね」

疑問を素早く飲み込み、声音を上げて言った。夫の薄くなった髪に、ため息がこぼ

代々続く酒造会社の跡取りだった夫と結婚したのは、夫が二十八歳、私が二十三歳の時である。当時夫はまだ社長ではなく秘書課勤務で、私は夫の部下だった。次期社長という身分を除いても夫はモテていたし、とりわけ秘書課の女性陣は彼の獲得に躍起になっていた。地味な私は最初から蚊帳《かや》の外で、私自身も彼にさして興味はなかった。


私は社内一豪華な応接室でお弁当を食べるのが好きだった。秘書課なので来客スケジュールは把握していたし、ひとりきりになれる貴重な空間でもあった。

自分で作ったお弁当をちまちま食べていると、夫がやってきた。

「先客かー」

夫は秘密を共有するような、少し意地悪そうな顔をした。

「す、すいませんすいません」

慌《あわ》ててお弁当を片付ける。夫は私のありふれたお弁当を凝視した。

「君は、ぶれない人だね」

「え？」

「あやまっていても、手元は落ち着いてる」

私は、ふたに小分けにした豚カツをお弁当箱に詰めなおし、ふたにたらしたソースをティッシュでていねいに拭っていた。

「あの、豚カツのソースが卵焼きやウインナにつくのが嫌で」

「ああ、わかるわかる」

「あの、松岡《まつおか》さんは鰻《うなぎ》を食べに行ったのでは」

秘書課の女性陣に鰻をねだられ、強引に引っぱられていったのである。

「鰻を食べにいくのに香水の匂いむんむんさせてさ。味がわかんないよ」

「そうですか」

「ついでだから、これもらっていいかな。内緒にしとくから」

アルミホイルに包んであったふたつのおにぎりを指差した。内緒にしとく、とは、お咎《とが》めなしということだ。

「私が握ったものですが」

「いいよ。そのもみじ饅頭《まんじゅう》みたいな手が握ったなら、おいしいと思うしね」

上座のソファにどかりと座り、アルミホイルを剝《む》いておにぎりを頰ばった。私は下座に座っていた。ああ、この人は次期社長なんだと、ぼんやり思って、同じおにぎりを食べた。

キミハ、ブレナイヒトダネ。

ぶれない。だからこそ、夫は私を選んだのだ。今ならわかる。私は夫が全裸で倒れていても、取り乱したりしなかったのだから。

人生に大それた望みなんかなかった。私は、野良猫《のらねこ》が懐《なつ》いてくれたとか、無人の野菜直売所を発見したとか、小さなことで満足できる人間だった。皆が無欲だと笑う中、夫だけは欲深だと笑った。

「そういうのが本当の欲深さだよ。いや、誉《ほ》めているんだ」

おにぎりにほだされたのか、応接室での一件の後にデートに誘われ、やがてプロポーズされた。私にとって夫は、さして興味のない人から嫌いではない人に変わっていた。

嫌いではないということは、好きかもしれないということだ。そうしてその曖昧《あいまい》な、好きというものが加速するのもわかっていた。

三十年の間に、夫婦の気持ちはやわらかくなったりかたくなったりする。

夫が、歩いていきたいというので、病院まで車椅子を押して行った。

「歩くのは君だけだね。ごめんね」

「いいのよ。私も運動したいから」

「いい天気だしね」

「本当に」

老夫婦みたいだ。

病院に着くとエレベーターで十階まで上がる。ここはリハビリ専門の施設になっており、理学療法士や作業療法士に加えヨガやピラティスの講師も常勤している。夫が好んだのは、週に数回開催されるスポーツジムのクラスだ。派遣されてくるインストラクター達はヘルパーの資格も保有している。皆、濃いピンクのポロシャツを着用し筋肉隆々で、場違いなほど明るい。

「ではまず、指を開いて準備しましょう。親指から順番に曲げまーす、いち、にい、さん」

車椅子に座って万歳し、幼児が数をかぞえるように指を折り曲げていく。老齢の男女が十人ほど、真顔で体操する姿は微笑《ほほえ》ましいが、中には腕が上がらない人もいる。

「では次に、むすんでひらいて。グー、パー」

夫は比較的若い方だが、リハビリ歴が浅い故《ゆえ》に、時々腕をおろしてしまう。私は夫の膝かけをなおすふりして、夫の肘《ひじ》をそっと支えたりする。

「奥様、ダメですよ。ずるしちゃ」

今日もこっそり手助けをしていたのだが、注意されてしまった。

顔を上げると、髪を金色に染めた若い男がいた。痩せた身体で、妙にきれいな顔立ちをしている。濃いピンクのポロシャツがまったく似合わず、金持ちの子供に飽きて捨てられた玩具《おもちゃ》のようだった。

「すいません」

「さあ、松岡さん。頑張りましょう」

金髪の若い男が夫の手を握り、ゆっくりと持ち上げた。夫の顔がゆるむのを、私は見逃さなかった。

私の脳味噌が、金髪の若い男を裸にした。私の頭の中で、金髪の若い男は陰毛までが金色だった。

セクシーさに年齢や容姿のボーダーラインはありません。貴女がたとえ五十歳でも八十歳でも、セクシーさを醸《かも》し出す術《すべ》はあるのです。まなざしや仕草、指先……

私は自分の、しわがよったもみじ饅頭のような手を陽にかざした。熟年夫婦向けの指南書なんて、嘘《うそ》ばかりだ。

本をテーブルにのせ、お茶をすする。縁側の隅にある読書スペースが私の気に入りだ。小さなテーブルと椅子がふたつ。

晴れた日に梅や野菜を干し、雨の日に庭木が濡《ぬ》れそぼるのを眺め、曇りの日は編み物などの手仕事をした。

「晴れだとか雨だとか、本当に楽しそうに言うよね。君は」

夫は感心するように言ったものだ。あるいは、馬鹿《ばか》にしていたのかもしれない。

三十年たってそんなオチとは。まさか。

携帯電話が鳴った。息子だった。

『もしもし母さん。父さん、どう？』

息子は夫の下で働いている。夫が休職している今、多忙を極めているはずだ。

「大丈夫よ。進んでリハビリに通ってるわ」

『それならよかった』

「会社は、変わりない？　その、秘書課とか」

『変わりないよ。皆、よくやってくれてる』

変わりないのはけっこうなことだ。こっちの心中はないがしろにされたが、社内スキャンダルにならないだけましである。

息子にだけは知られたくない。そうだ、私達夫婦には息子がいるのだ。息子が生まれた後だって、セックスはしていた。

「ねえ涼介《りょうすけ》」

『なに、母さん』

少々気弱だが、息子はまっすぐに育ってくれた。

「あんた、母さんのことどう思う？」

『どうって。母さんまで具合悪いの？』

「そうじゃないのよ。女としてどう思うかって聞いてるの」

沈黙。

『女、って。なにそれ』

「だから、女として」

『ごめん母さん。忙しいから切るわ』

そっけなく携帯電話が切れると、今度は玄関のブザーが鳴った。宅配便だった。

やたらと大きな果物籠《かご》が届いた。

送り主は、秘書課の例の部下である。陳腐な謝罪に使われる果物が気の毒になった。果物に罪はないが、非常に鬱陶《うっとう》しいので、そのまま抱えて夫の部屋に行った。ノック二回。返事はない。

夫は眠っていた。

聞き出したいことは山ほどあるのに、夫まで知らんぷりを決め込んでいる。目覚めたら「いい天気だね」とさわやかにのたまうのだろうか。

「……目覚めたら夜になってるわよ」

サイドボードに果物籠をのせ、毛布の中に手をしのばせる。ひときわ生温かさを放つ、中央部分に指を這《は》わせた。

脳卒中を機に、夫のものは反応しなくなった。事実、脳疾患後に性欲が減退したり不全になったりする症例は多いという。行為の前後に発病するのは、血圧の上昇が引き金になるらしい。興奮が命を縮めるのだ。

どうせなら、私との最中に倒れてくれればよかったのに。

夫のものを包む手に力が入る。夫と私のセックスは、突飛ではなかった。夫しか知らない私は満足の領域をも知らなかったし、夫はよくも悪くも平穏だったから、こんなものなのだろうと思っていた。

思っていたのに。

「おいおい、どうしたんだよ」

夫が薄目をあけた。太腿《ふともも》がわずかに閉ざされる。

「いい天気ね」

私は言った。窓の外は仄暗《ほのぐら》かった。

「したくなったのか？　めずらしいね」

私はベッドにまたがり、毛布をめくりあげた。

「詩季子。無理だよ」

夫が、やわらかく笑う。いつ何時でも、この笑顔だ。すべてをあきらめたような、悟りきったような。

「リハビリよ」

夫の下着を下げ、舌で舐《な》めまわす。

夫は無言になり、夫のものは私のいいなりになった。生温かく従順にしなり、されるがままになって、ひたすらに私を拒絶した。

「トイレに行きたいな」

夫の声はかすれていた。水分も何もなく、ただやさしさだけがあった。

私はベッドを降り、車椅子をセッティングした。夫の上半身を抱きかかえる。窓の外の景色は藍色《あいいろ》になり、闇《やみ》が部屋にまで侵入してきそうだった。

私は夫の頭を、窒息してしまいそうなくらい強く抱きしめた。


年月とともに夫婦の行為も様変わりしていくものです。回数、時間、体位、等々、お互いの欲求が嚙《か》み合わないこともしばしばでしょう。男女で身体や精神の構造が……インチキな指南書を放り投げた。本はテーブルを越えて、椅子に落下した。

冷めきったお茶を飲み干し、縁側の窓をあけはなす。洗濯物を取り込んでいたら、携帯電話が鳴った。夫だった。

「トイレ？　それとも喉《のど》が渇いたの？　お腹《なか》がすいた？」

所詮《しょせん》、人間というのは入れて出すの繰り返しだ。セックスも然《しか》り。それだけのこと。けれど。

携帯電話の向こうから、吐息だけが聞こえた。

「……あなた、ごめんなさい」

感情の棘《とげ》は、声にだって生える。

『すまないね。少し、喉が渇いたんだ』

「わかったわ。今日もいい天気よ」

『まるでいい天気じゃないみたいに、言うんだね』

ガランとした物干場の先に、南天やサツキ、松や金木犀《きんもくせい》が植えてある。夫や私の趣味ではなく、社長の家にふさわしいようにと、あつらえた庭だ。剪定《せんてい》も植木屋に任せている。

「コーヒーをいれるわね」

体裁よく作られた庭に、からっ風が吹いていく。

コーヒーを運ぶと、夫は電動ベッドで起き上がった。

「ありがとう」

「薄めにいれたわ。りんごでも剝く？」

「うん」

果物籠からりんごを取った。夫は注意深くコーヒーを口に含むが、いつも少量こぼしてしまう。

「介護用のカップ、買った方がいいかしら」

「いいよ。これもリハビリだから」

「そうね」

小さく切り分けたりんごにフォークをさし、夫に手渡す。

「この果物籠は誰からだい」

「近所の人よ」

間髪入れずにこたえる。頭に、男性社員の顔が浮かんだ。私は首を小刻みに振った。

「ごめんね」

夫が言った。りんごをゆっくり丁寧に咀嚼《そしゃく》する。しゃりしゃりという清潔な音が、部屋に浸透していく。

「何が？」

夫のまなざしを無視して、私は次々にりんごを剝いた。

「僕の、その、性癖のこと」

性癖。りんごの皮がらせんになり、沈む。

切り刻まれたりんごを皿にのせ、ベッドテーブルに置く。

カーテンを引き、窓をあけ、空を見上げた。

ぼんやりと心もとない、一面の鰯雲《いわしぐも》。

どうして結婚なんかしたの。

問い質《ただ》したい言葉は、胸の中で怯《おび》えながらも延々と疼《うず》いている。

風に手のひらをさらす。乾燥したもみじ饅頭のような、色気のない手。

「こんなに食べられないよ」

困ったように笑う夫の声が、背中に届く。

「残してもいいのよ」

私の手には果物ナイフが握られていた。

「僕の将来は生まれた時から決まっていてね。ひとりっ子だし、跡取りは作らなきゃだしね」

夫は淡々と話し出した。

「それでさらにゲイなんてさ、暗くならない方が無理だろう」

果物ナイフで手を切ったら、痛いだろうか。今なら、痛くない気がする。

「でも、できたら明るく生きていきたくてね」

「あなた」

どうして私だったの。ぶれないから？　馬鹿だから？

「うん」

振り向くと、夫は一生懸命りんごを食べていた。口元にりんごの汁を流し、ベッドテーブルにコーヒーのしみをつけながら。

「残していいんだったら」

たしなめても、夫はなおもりんごを食べた。目を細め、手と唇をべたべたにする。

「あなたったら」

私はおしぼりで夫の手を拭いた。夫はりんごを離そうとはしなかった。

「君が、最初で最後の女だよ」

夫がりんごを咀嚼する。しゃりしゃりという、清潔で悲しい音が部屋を侵食していく。

「一生懸命がんばったんだ」

冷たいおしぼりが、夫と私の手で、熱くなっていく。怒りなのか憎しみなのか、わからなかった。

ただまだ熱があるのだ。笑ってしまう。

「もう残して。食べないでいいから」

夫の顎《あご》や首筋をおしぼりで拭うと、夫はやっとりんごを皿に戻した。

「そうだね。食べ過ぎると、今度はトイレが大変だ」

夫があんまり申し訳なさそうに笑うので、私はまた外に目をやった。

イッショウケンメイガンバッタンダ。

それは誠実なのか、不誠実なのか。はたして。

鰯雲が、涙でにじんでいった。


息子の涼介が福祉車両をリースしてくれたので、夫の病院通いはおもにそれを使うことになった。

「でも、なるべくなら身体は動かしてくださいね。無理のない程度に」

医者や看護師が口をそろえて言う。夫の身体は完全ではないにしろ、普段の生活に支障がないくらいには治るのだそうだ。

私は夫の膝かけの、まんなかに目をやった。精神と直結する部分は、回復するのだろうか。

「やあ、松岡さん。こんにちは」

リハビリ施設のインストラクターは、今日も胡散臭《うさんくさ》いくらい元気がいい。

「起立歩行を助ける機械がいくつかあるんですよ。おおい、それ、こっち持ってきて」

マッチョなインストラクターが、ホールの隅に向かって叫んだ。

金髪の若者が振り向き、深夜にやっているテレビの通販番組で売っていそうな機械を転がしてきた。

相変わらず、ピンクのポロシャツが似合わない。不健康そうな姿態、拗《す》ねたような顔。

「チルトテーブルっていうんですけどね。電動昇降機能と動作メニューがあるんですよ」

インストラクターが、人型の背もたれがついた機械を夫に紹介する。

「じゃあ、車椅子からこちらへ移動しましょうか。あ、奥様は休んでいてけっこうですよ。ほら、おまえも手伝え」

手を貸そうとしたら追っ払われたので、しかたなくずり落ちた膝かけを拾った。

金髪の若い男が、ぎこちなく夫の背中や肩、腰を補助するたび、夫の顔がほころんだ。

金髪の若い男と夫が、私の世界で裸になる。互いに見つめ合い、腕を絡《から》める。

脳味噌のリハビリは、どうやったらいいのだろう。

二歩三歩と後退《あとずさ》り、夫の膝かけで肩を包む。

「松岡さん。あとはこいつの指示に従ってください」

しっかりやれよ、とインストラクターが金髪の若い男の背中を叩《たた》き、他の患者の見回りに行った。いかにも頼りなさそうな男は、不器用な手つきで夫を支えたりデータを測定したりした。やさぐれたなりでも、目は真剣だった。

夫の顔が少年のように初々《ういうい》しくなっていく。

ばかばかしい。膝かけを投げ出したいのをすんでのところでこらえ、金髪の若い男にそれを託した。

「これ、お願いします。私は少し、出てますので」

逃げるようにリハビリ施設をあとにし、同じフロアにある喫茶室に腰を落ち着けた。

コーヒーを注文し、持参した本をめくる。

二十代の性、五十代の性、八十代の性。一番難しいのは五十代の性です。性欲と身体のバランスが崩れ……、時に相手を変えることや道具や薬を必要とすることも……

本をとじ、ため息をついた。こんな指南書を鵜呑《うの》みにして実行する人がいるのだろうか。

「松岡さんの奥様」

振り返ると、金髪の若い男がいた。

「主人に何か?」

慌てて、本をバッグに突っ込む。

「いいえ。今、施設でマッサージを受けています。これ、返しておいてほしいと言われたので」

きちんとたたまれた膝かけを、私に手渡す。こうしてよく見ると、整った上に邪気がない面差しをしている。

「そう。どうもありがとう」

「じゃあ、これで」

「ちょっと待って」

早々に去ろうとしたのを、思わず呼び止めた。

「少し、座らない？」

戸惑いをのぞかせながらも、私の向かい側に座ってくれた。

「いつも主人がお世話になって」

コーヒーを追加注文すると、金髪の若い男は軽くお辞儀をした。

「いえ、松岡さんはやさしいので、やりやすいです」

やりやすい。私はこりかたまった微笑みで、コーヒーを飲む。

「最近は、スポーツジムのインストラクターもヘルパーの資格を取るのね」

「ああ、はい」

口籠(くちごも)りながら、忙(せわ)しなく髪をかきあげた。

「あなたは、アルバイト?」

「まあ、そんなようなものです」

金髪の若い男は、居心地が悪そうにコーヒーをすすっている。変に愛想がいいより、かえって正直で好感が持てた。

「ねえ、夫のこと、どう思う？」

いつしか、私は前のめりになっていた。コーヒーを片手に、男に詰めよる。

「夫が好き？　助けたいと思う？」

男がたじろぎ、目を丸くした。

テーブルにコーヒーのしみができている。

夫がベッドテーブルにこぼした、コーヒーのように。

私の迫力に圧《お》されてか、男が、かすかに頷《うなず》いた。

性欲と身体機能との狭間《はざま》で戦うことになるのは、五十代がピークでしょう。効果的なのはスワッピングなどの……

本をとじ、眉間《みけん》を指で揉《も》みほぐした。テーブルの上の湯呑みは、からになっている。縁側からの眺めは、新婚当初から変わらない。常に隙《すき》がなく整えられ、ほころびがない代わりにおもしろみもない。

南天の実だけが、淫靡《いんび》さを醸し出している。

夫の部屋をノックした。どうぞ、と平和な声が返ってきた。

「あなた。図書館に本を返しに行くんだけど、一緒に散歩しない？」

「うん、いいね」

夫が窓に目をやる。

「いい天気よ。変わらないわ」

本当に、変わらないのだろうか。

夫が菩薩《ぼさつ》のように微笑み、電動ベッドを作動させた。

私は夫の上半身を抱きかかえ、ベッドから車椅子に移動させた。私の胸元が夫の吐息で熱くなり、湿り気をおびる。

骨ばった胸元でも、昔と同様に熱くなる。

本当に変わらないのだろうか。夫の性癖は、男から女へ、つまり私へと、移動することはないのだろうか。

「ありがとう」

夫の笑顔は、出会った時から不変だ。すべてをあきらめたような、悟りきったような、やさしくてさみしい笑顔。

「あなた、トイレは？」

「大丈夫だよ」

黄昏時《たそがれどき》。車椅子を押して河川敷を行く。

「何の本を借りたんだい」

「つまらないエッセイよ。外国人の女性が書いたの」

河川敷にはスロープがついており、川べりの道に降りられるようになっている。夕方になると、犬を連れた人々でにぎわうのだ。

「あなた、下に降りてみない？」

朱色の陽を反射し、川面《かわも》が鱗《うろこ》のように光っている。行き交う人々の影が、だんだんと長くなっていく。風が冷えてきたせいか、皆、立ち止まることなく散り散りになる。

「もっとリハビリを頑張れば、杖《つえ》で歩けるようになるかな」

「ええ」

夫の膝かけを取り、埃《ほこり》を払った。私の視線が、夫の股間《こかん》で止まる。

「いい天気ね」

私は言った。膝かけを車椅子の手すりにのせ、夫の正面に立った。

「明日も、いい天気かしら」

少し、大胆になってみましょう。指南書にそう書いてあった。少し大胆がどのくらい大胆なのかわからない。私はコートのボタンをはずしカーディガンのボタンもはずし、ブラウスのボタンに手をかけた。胸の鼓動をごまかすように身体をくねらせる。

「詩季子、どうした？」

犬が鳴いている。私を奮い立たせるように勇ましく吠《ほ》えている。

ブラウスのボタンにふれた指が、ふるえた。

「どうしたんだよ」

川のほとりで、犬が飼い主にじゃれついている。激しく尻尾《しっぽ》を振って、飼い主を押し倒さんばかりに、あけっぴろげに求めている。

「一生懸命がんばったんでしょう？」

大胆になってみましょう。三十年前なら、できたかもしれない。結果がどうあれ、張りのある肌なら惨《みじ》めさも弾《はじ》き飛ばしてくれる。

「一生懸命、がんばったんでしょう」

三十年間のがんばりを、どうして内緒のままにしておいてくれなかったのか。

夫の手が、私の手を強く握りしめる。お互いの熱だけが存在している。熱だけは、確かにあるのに。

「……ごめんなさい」

膝かけで夫の下半身を包んだ。

「帰りましょう」

夕陽が、艶《なま》めかしいくらいに赤く空を染めている。

明日もきっと、いい天気なのだろう。


夫が自室ではなくダイニングで食事をしたいと希望したので、これを機に献立も通常のものに切り替えていった。

少しずつではあるが、手足の動きもなめらかになっていった。

朝食後のコーヒーを飲みながら、夫が介護用品のパンフレットをめくっている。

「いろんな杖があるのね」

「うん。これなんかおしゃれだろう」

カラフルな花柄の杖を、夫が指差した。

「これ、女性用でしょう」

「君の身体《からだ》がいうこときかなくなった時のためにね、ついでに買っておこうよ」

「いやあね。私はまだ大丈夫よ」

憮然《ぶぜん》とする私を、夫は意地悪そうに笑った。

初めて夫とふたりだけになった、会社の応接室を思い出した。

キミハ、ブレナイヒトダネ。

と夫は言った。私が作ったおにぎりを満足そうに頬張り、やがてプロポーズしてくれた。

「あなた」

あれから三十年だ。偽りだけで、夫が私と過ごしたとは思えない。

夫が顔を上げた。お坊ちゃん育ちの、平和で清らかな、けれど灰色の影に覆《おお》われた顔。

「今夜、お客様が来るの。夕食にご招待したのよ」

「誰だい」

「リハビリ施設の、金髪の若い人よ」

夫が静かにパンフレットをふせ、コーヒーを傾けた。

夫の喉が、弱々しくふるえた。

とどのつまり、夫婦とはいったい何なのでしょう。慈《いつく》しみ、憎しみ、哀《かな》しみ、様々な感情で構成されていますが、その根底にあるものは……

図書館に返しそびれてしまった指南書があと数ページで終わるので、辟易《へきえき》しながらも読んでいた。縁側の読書スペースも、本があるからこそ意味があり、くつろげるわけで、いくらくだらなくても、本は必要なのだった。

今夜、金髪の若い男がやってくる。

あの日、病院の喫茶室で約束したのだ。

私を、誘惑してくれるようにと。

唐突な懇願に、彼はコーヒーカップを倒さんばかりに驚いたが、私のただならぬ様子に陥落したのである。

アルバイトだと思ってくれればいいと私は言った。お金ならあげるから、夫の性的不能を回復させるために協力してほしいと。

鍋《なべ》にチキンの煮込みと、オーブンにじゃがいもとほうれん草のキッシュがある。

携帯電話が鳴った。夫だった。

『お客さんがくるなら、パジャマだと失礼だよね』

「今、行くわ」

まだ片麻痺《かたまひ》が残っているので、着脱にも時間を要す。脱健着患といって、健康な側から脱がせ、患側から着せるのだ。

「君、汗かいてるね」

「あらやだ。汗臭い？」

「いや。でも身体が汗ばんでる」

私も下着を替えるべきか。誘惑されるマナーとして。

「すまないね。僕が、こんなことになって」

こんなことというのは。身体の、どの部分をさしているのか。

「まさかこんなに早く、身体がいうことききかなくなるなんてね」

「べつに、よくあることでしょう」

よくあることだろうか。

「今日も、いい天気だったね」

またお天気の話か。

「そうね」

夫のシャツに腕を通し、ボタンをはめた。

「結婚する前も、結婚してからも、ずっと、君は小さなことでよく笑ったよね。晴れたから梅が干せるとか。冬の曇り空は読書がはかどるとか」

夫の襟を正し、乏しい前髪を櫛《くし》で撫《な》でた。

「つまらない女ね」

「いや」

夫が、私の手を取り、両手で包む。

「小さいことで明るくなれる君を、選んでよかったよ」

玄関のブザーが鳴った。夫の両手に包まれた私の手が、夫の手のひらに、爪《つめ》を立てた。

「遺言みたい」

私は笑って、車椅子《くるまいす》を押した。夫の薄くなった頭に、涙がこぼれそうになる。

縁側沿いの窓の向こう、南天の赤い実が薄闇にさらわれていった。

夜の申し子のような、黒ずくめの服装をした金髪の若い男は、けれどピンクのポロシャツ姿よりも健全に思えた。

「やあ、いらっしゃい」

真新しいシャツにチノパン姿の夫は矍鑠《かくしゃく》としていた。

「どうも」

相変わらず居心地悪そうに、頭を下げる。

「よく来てくださったわ。あがってちょうだい」

視線を泳がせていた男を家へと招き入れ、飲み物の用意をする。彼が何を好むのかわからないので缶ビールや缶チューハイ、ワインにウイスキーにブランデー、グラスもいくつか並べた。つまみにはナッツやドライフルーツ、チーズ鱈《たら》にチョコレート、ひじきの煮つけやイカの塩辛を置いた。

「おいおい、これじゃあ、かえって彼が混乱するじゃないか」

夫が苦笑する。

「そうね」

しかたがないので料理をあたため、サラダを盛りつけた。

「辻《つじ》君」

「え？」

夫の問いに反応したのは、私だった。金髪の若い男が私を見て目をしばたたかせた。

「辻君と言うんだよ。なんだい、君。招待しておいて名前も知らなかったの」

私は肩をすくめ、曖昧に笑った。

「僕はまだ酒が飲めないけど、辻君は遠慮なくやってくれよ」

夫が手振りで、酒をあけるように促す。

鍋の蓋《ふた》が上下し、オーブンのタイマーが切れた。

「ねえ辻君。やわらかいものばかりで、辻君みたいな若い人には物足りないかもしれないけど。たくさん食べてね、辻君」

夫の『辻君』を塗り潰《つぶ》すように、辻君を連呼した。夫が彼の名前を知っていても、なんら不思議はないのに。

「俺、手伝いますよ」

「いいのよ、辻君は座ってて」

「いや、手伝いますよ」

缶ビールを一口飲んで、辻君が立ち上がった。私の後ろに回り、合図のように、私の肩に手をのせる。いやらしさも狡猾《こうかつ》さもない目には、忠実な覚悟と憐《あわ》れみだけがあった。

お金のためではない。ただ私を気の毒だと思っている。

鍋の蓋が激しく上下し、湯気が噴き出した。熱気が台所を満たしていく。

夫の視線が辻君を追いかけている。

辻君が静かに、ガスコンロのスイッチを切った。

少し、大胆になってみましょう。

指南書の一文が頭で反響した。私はセーターを脱ぎ捨て、ブラウスのボタンをはずしにかかった。寒くもないのに手がかじかむ。辻君の手が私の手を制し、私は勢いで辻君に抱きついた。

誘惑のされ方も、誘惑の仕方も、指南書には書いていない。夫婦の根底が何なのか、慈しみなのか憎しみなのか哀しみなのか、誰にもわからないし誰におそわるものでもない。ただがむしゃらにこなしていくだけだ。日々を、切れ切れになりながら、ひとりとひとりの呼吸を、なんとかふたりに、ひとかたまりにまとめようとしていく。

夫のためではなく、私は私のために辻君の腰に手をまきつけ、首筋に唇を押しあてた。

愛していたのかもしれない、と思う。

うやむやだが、今の私には、それしか言えないのだ。

愛しているのかもしれない、夫を。

夫の視線を、射るような視線を片側の頰に感じながら、汗ばんだ身体を辻君にたたくした。辻君はご丁寧に、私の背中に手をもぐりこませてブラをはずした。

「……ごめんなさい」

私がつぶやくのと、ガタンと家の中で音がしたのは、ほぼ同時だった。辻君が表情をこわばらせ、身体を離した。

気がつくと、夫がいなかった。

「あなた?」

嫌な予感がした。

「トイレでしょうか」

「ええ。見てくるわ」

辻君が私のセーターを拾ってくれた。乱れた胸元のままセーターを着込み、トイレまで急ぐ。

トイレのドアは開いていた。横転していた車椅子の傍らで、夫が倒れていた。チノパンをおろし、下半身をあらわにして、目をとじていた。

便座と床に、血が飛び散っている。

夫のものは、立派になっていた。

「あなた」

夫を揺さぶった。

「奥様、動かしちゃだめです」

辻君が止めるのもかまわずに、私は夫を揺さぶり続けた。

「どっちなの？」

微笑みをたたえた夫の、物言わぬ顔に言った。

「どっちがよかったの？」

辻君と私の行為を目の当《ま》たりにして、どっちに欲情したというのか。

どっちに余計に、欲情したのか。

「どっちに欲情したのよ」

愛していたかもしれない、と思ってくれただろうか。これからも、愛していけるかもしれないと、思ってくれただろうか。

「言ってよ、ねえ」

夫の、だらりとした頭を抱える。夫の吐息で私の胸元が熱く湿ることは、もうなかった。身体中のあちこちにはまだ体温がくすぶっているのに、力や意思がなかった。

「これからも、一生懸命がんばってよ」

夫の肩をつかみ、夫の耳元で叫ぶ。

辻君が携帯電話で救急車を呼んでいる。

「泰造さん」

一方通行の私の叫びは、トイレの個室で反響するばかりだった。


図書館に本を返却し、川べりの道を歩いた。

以前より歩くのが遅くなった気がする。車椅子を押すスピードは、ゆっくりとしたものだったから。

夫は、ひとりで用を足そうとして転倒した。トイレには介助バーを設置しておらず、車椅子から便座への移動は、ひとりではまだ無理だったのだ。

下半身をさらけ出したままという、世にも悲愴《ひそう》な格好で夫は亡《な》くなった。死に顔は安らかだった。

赤く丸い夕陽は、明日も明後日《あさって》もここに現れる。いくらか姿形を変えたとしても、すこやかに日々を照らしていく。

目をつむると、川風がまぶたを撫でていった。

「今日もいい天気だったわ」

ソウダネ。

「明日もいい天気かしら」

ソウダネ。

目をあけたら、太陽は半分ほど水面に沈み景色はくすんでいた。ひとりで、これから幾千の天気を繰り返すのだろう。ひとりきりで、ぶれずに地道に、いつまで暮らしていくのだろう。

初めて夫の前で取り乱した時には、もう夫はいなかった。

四十九日が過ぎるまで、家は騒々しかった。会社の役員や夫の友人知人がひっきりなしにやってくるのだ。故人を悼《いた》む人数は、そのまま生前の人望につながる。夫の祭壇にお供え物が途絶えることはなかった。

南天の実は、今日もまぶしいくらいに赤い。

庭の手入れでもしてみようと、サンダルをつっかけた。門柱から金色の髪が見え隠れしていた。

「あら」

「どうも」

突っ立ったまま、辻君が頭を下げた。

「そんなところにいないで、あがってちょうだい」

辻君は髪をかきあげながら、遠慮がちに歩いてきた。黒く重そうな靴で、敷石を踏みしめる。

「すいません。お忙しいと思って、すぐに伺えず」

「そうね。昨日四十九日が終わって、やっと落ち着いたの」

コンビニ袋をぶらさげて、ついでにきたような素振りを見せる。たどたどしく仏壇に両手を合わせる辻君は、どこか神々《こうごう》しかった。

「すいません。何も思いつかなくて、こんなものしか」

辻君は缶ビールを供えた。あの夜、飲んだものと同じ銘柄だった。

「それより、私こそうっかりしてたわ。アルバイト料、渡してなかったわね」

慌《あわ》てて、仏壇の引き出しから封筒をとった。中には三万円入っている。

「いらないです」

「そういうわけにはいかないわ」

「最初から、もらうつもりはありませんでした」

辻君が苦笑した。封筒が、ちゅうぶらりんになった。

「でも」

「いいんです。けっこう楽しかったから」

肩をすくめてうつむいた辻君の、頭に寝癖がついていた。

真綿みたいに無垢《むく》で、やわらかそうだった。


おやつに、お供え物でいただいた栗最中《くりもなか》を食べ、お茶を飲んだ。縁側は、おやつと本が良く似合う。

玄関のブザーが鳴った。宅配便だった。

送り主は、介護用品専門の会社だった。

頃合を見計らって、夫が注文したのだろう。

梱包《こんぽう》を解くと、真新しい杖が二本、新婚夫婦みたいに並んでいた。

焦《こ》げ茶色の渋いものとカラフルな花柄のものが、つかず離れずの距離でよりそっている。

精巧な造りの、長持ちしそうな杖だった。煮ても焼いても、折れそうにない。

私の口元から笑いがこぼれた。

「煮ても焼いても、食えそうにない、よね」

紫色の煙に包まれた夫の遺影が、さもおかしそうに笑っている。

森と蜜《みつ》

絵子のピアノは、いつも途中で引っかかる。指使いに癖があるのだろう。本人にもそれがわかっているようで、引っかかった場所に戻っては同じ曲を繰り返す。

私は洗濯物を取り込みながら、あるいは絵子のおやつを用意しながら、拙《つたな》いピアノを聴く。目をとじて、まっさらな白いシーツを抱きしめる。午後の陽ざしがまぶたにあたり、まぶたの裏には絵子の顔が浮かぶ。真剣な横顔とピアノのリズムに合わせてかすかに揺れるふたつのおさげ。

チン、と機械音が鳴った。目をあけ、シーツを洗濯かごに入れる。バスタオルにタオル、下着類を洗濯バサミからはずす。

絵子のおやつにパウンドケーキを焼いたのだ。台所のオーブンから庭まで、甘い匂《にお》いが漂ってくる。

ピアノが止《や》み、絵子が階段を駆け下りてきた。

「ママ」

絵子の髪は薄茶でやわらかく扱いやすい。肌の色も、顔立ちも身体《からだ》つきも、薄くて淡い。何もかもが私によく似ていて、たまらなく不安になる。不安になるから、絵子が十二歳になった今でも、頻繁にぎゅっと抱きしめてしまう。

「ママ。パパにもケーキ、持ってってあげる？」

フォレストブリーズ、と絵子が私の耳元でささやいた。「この香り、秋っぽくて好き」。柔軟剤の香りにもこだわるのだ。もう少女ではなく、いっぱしの女だ。

「そうね。でも今はまだ仕事中だから、切り分けて取っておきましょう」

夫は整体師で、自宅で仕事をしている。玄関からすぐ右にある十畳ほどの洋間を施《せ》術室《じゅつしつ》として使用しているのだ。完全予約制で夫と患者一対一の治療を徹底しているため、秘密や悩みを保持したい人に人気があるようだった。また、若い女性や主婦などは、愚痴を言いに来ることもあるという。

「今日は何のケーキ？」

絵子が私の腕の中でもがく。私は腕の力をゆるめた。

「無花果《いちじく》と胡桃《くるみ》よ」

台所に急ぐ絵子を尻目《しりめ》に、縁側の窓をしめる。リビングで洗濯かごをひっくり返すと、白くふんわりした洗濯物が山になり、清涼感のある蜜《みつ》のような香りが立ち上った。

フォレストブリーズ。森のそよ風。

「ママ、紅茶がもうないよ」

絵子は台所で紅茶の缶を振っている。瘦《や》せっぽちの背中に長いおさげが二本、まっすぐに垂れ下がっている。


人生で最初に友達ができたのは、十二歳だった。阿木麗羅《あきれいら》という派手な名前で、髪を脱色しパーマをかけていた。勿論《もちろん》、小学校では脱色もパーマも禁止だったが、麗羅の母が「モデル事務所に入るため」と担任と校長に許可を得たのである。後にも先にも、麗羅がモデルになった話は伝わってこなかった。クラスメイトは誰も詮索《せんさく》しなかった。


「美緒ちゃん、一緒に帰ろうよ」

秋になりたての放課後、麗羅が私を誘った。

麗羅のふわふわした髪は午後の日差しよりも飴色《あめいろ》に輝き、膨らんだ胸元にこぼれていた。髪をもてあそぶ小さな爪《つめ》にはハートや星のシールが貼《は》られている。私は膝頭《ひざがしら》でこぶしをグーにしてうつむいていた。おさげにしたふたつの髪が、机の上で弧を描いている。

「うちに来ない？　ママ、まだ寝てるから」

子供が帰る時間に寝ている母というものを、私は知らなかった。専業主婦だった私の母は、私が帰ると手作りのおやつを用意し、宿題やピアノをおしえてくれた。

「……うん」

小声で私は言った。麗羅は私の手を引っぱり、遠巻きに見ているクラスメイトを蹴《け》散《ち》らすように教室を出た。

麗羅と私は、ひとりぼっち同士だった。


「このくらいでいい？」

危なっかしい手つきで、絵子がケーキを切り分けている。ダイニングテーブルに置いた砂時計の砂が全部落ちた。

「パパの分は、ラップかけておくね」

「ええ」

ふたつのカップを紅茶で満たす。ポットにはあと一杯分残っている。

じきに午後の施術が終わる。二十分経過したらケーキと紅茶を運ぼう。患者が帰ったことを綿密に確認しなければならない。秘密保持に敏感な人もいるから。

二十分の間におやつを済ませ、洗濯物を畳む。夫が一息ついている間に夕食を作り、合間に絵子の宿題を見てやろう。

「ママ」

絵子が首を傾《かし》げた。

「ケーキ、おいしくないの？」

頬を健康的に膨らませている。

「おいしいわよ」

フォークでケーキを刺すと、あっけなく崩れた。弾力ある生地なのに、いったん突き刺すともろいのだ。

「おいしくなさそうな顔してる」

フォークが胸に突き刺さった、気がした。絵子はお皿に散らばったケーキのかけらを、フォークですくおうとしている。

「おいしいわ」

絵子は自分の言葉に責任を持たない。口から出る言葉は大人びていても、言葉の行く末までは考えないのだ。子供はだから、残酷だ。

ケーキを二切れずつ平らげると、リビングで絵子は宿題を、私は洗濯物を片付けた。

紅茶のポットにお湯をたし、夫のマグカップにそそぐ。

自宅内にあるというのに、この部屋には一向に馴染《なじ》めない。ケーキと紅茶がのったトレイを夫のデスクに置くと、私は踵《きびす》を返した。

「美緒」

この部屋ではなぜだか、夫は私を名前で呼ぶ。夫の指が私の背骨をつたい、夫の気配が夫ではなく先生になっていく。

「夕食は、今日も七時半でいいわよね」

私の視線は自然とベッドに落ちる。寝乱れたシーツとタオル。さっきまで、ここに女が横たわっていたのだ。

夫は、うん、とも、ああ、とも言わない。

「きれいな骨だなぁ」

想像してみる。夫の指によって操られる女の身体を。痛みに悶《もだ》え、時として恍惚《こうこつ》に酔う。

「美緒は姿勢もいいし」

わずかにあいた窓から、夕方の風がしのびこんできた。数センチの隙間《すきま》から無花果の木が見える。

「今夜は塩鶏《しおどり》なの。ごはんはジャスミンライスにしましょうか」

私はやっと振り向く。夫は細身で顔立ちも少年じみている。よく似合う白衣を汚《けが》すように生やした無精ひげが、整体師としての唯一《ゆいいつ》の自己主張に思える。夫の指が背骨から離れた。指が離れても、夫の体温はいつまでも居続ける。夫の手指は、驚くほど熱い。

「美緒がいいように」

儀礼的に笑って、こたえともつかないことを言い、夫はデスクに腰かけた。私の背中で夫の体温だけが疼《うず》いている。ベッドを整えようとした私の指が、躊躇《ちゅうちょ》した。

「じゃあ、七時半にね」

夫の後ろ姿に声をかける。存外にたくましく広い背中。夫の背中に腕を回したのは、何年前だっただろう。私は自分の肩をさすった。夫が誉《ほ》めてくれる骨は、しかし硬質さしか感じられない。

麗羅の家は街外れの木造アパートだった。階段は錆《さ》びついていて、集合ポストから新聞やチラシがはみ出ていた。二階の端が麗羅の部屋で、麗羅は慣れた手つきで鍵《かぎ》をあけた。中は薄暗く、湿っていた。卓袱台《ちゃぶだい》にはマニキュアや口紅が転がり、灰皿には煙草《たばこ》の吸殻が山になっている。

「座って」

麗羅が窓をあけた。脱ぎ捨てられた下着や雑誌の下に座布団《ざぶとん》があったので、よけてそこに座った。

「やだ、正座してる」

麗羅が大口をあけて笑う。カーテンがはためき、夕陽が見え隠れする。畳に散らばった爪切りやストッキングが陽にさらされる。

「お腹《なか》すいたね」

台所で、麗羅は紅茶の缶をあけた。うん、と私はこたえた。お腹なんかちっとも減っていなかった。

紅茶でもてなされると思ったら、麗羅は舌打ちをして紅茶の缶を棚に突っ込んだ。

「ママ！」

鋭い声が、私の後ろの襖《ふすま》にぶつかった。

耳を澄ますと、襖の奥から寝息が聞こえ、やがてごそごそした物音に変わった。襖があき、麗羅とそっくりな髪形をした、麗羅の母が、這《は》うように布団から出てきた。麗羅の母は私を通り越し、台所で仁王立ちした麗羅を気怠《けだる》そうに見つめた。

「……なによ」

私は膝頭でこぶしをグーにした。卓袱台に灰がこぼれている。

「友達とおやつ食べるから、お金ちょうだい」

紅茶の缶は、お金の入れものだったのだ。

「おやつ？」

麗羅の母の視線が、虚《うつ》ろに私を捉《とら》えた。白くて脂《あぶら》がのった肌と弾《はじ》けそうな身体。豹《ひょう》みたいな柄の下着を盛り上げている胸は、見ているだけで窒息しそうだった。

「お邪魔してます」

私は大急ぎで頭を下げた。

「どこの子？」

麗羅の母は卓袱台に手を伸ばし、煙草とライターを掴《つか》んだ。

「医者の子だよ。お父さんが大学病院に勤務してるんだよね」

麗羅が自慢するようにこたえる。

「へー、大学病院のお医者さんなんだ。いいわねぇ」

「そうだよ。美緒は勉強もできるんだ」

「ふうん」

世間話でもするように、間に入った私を無視して話した。麗羅の母は髪をかきあげ、窓に向かって煙を吐き出した。

「えーと、美緒ちゃん、だっけ」

「はい」

風が卓袱台の灰をまき散らす。分厚いガラスでできた灰皿の底で、茶色い液体が沈殿している。饐《す》えた臭《にお》いを封じ込めるように、麗羅の母が煙草を突っ込んだ。

「お金、持ってる？」

私を丸呑《まるの》みするように、くっきりと笑った。

麗羅は手を後ろ手に組み、床を足で蹴った。


夕食が済むと、夫は再び施術室にこもる。昼間から夕方までの患者は主婦層が多く、夜はサラリーマンやOLが主だ。夫は仕事熱心だし、絵子とも比較的仲がいい。申し分ないと思う。

絵子とふたりで後片付けを終えると、絵子はテレビを観《み》て、私はテレビを観る絵子を見つめる。絵子は優秀だし友達もそれなりにいるようだった。絵子の中身は夫に似たのだろうか。

夫と出会ったのは、医療系の専門学校だった。短大卒業後に医療事務を勉強していた私と、大学卒業後に整体を勉強していた夫は、専門学校の食堂で出会ったのだ。

「きれいですね」

と夫は言った。何がきれいなのかすぐにはわからず躊躇したが、二十二歳になった私はうつむくこともこぶしをグーにすることもなかった。ただあやふやに笑った。そのままなんとなく食堂でお茶をした。夫は淀《よど》みなく自己紹介をした。整体師を目指していること、いずれ独立したいこと、しめくくりに「理想です」と言った。

「骨格とか、正しい感じが」

白衣は着ていたが無精ひげを生やしていなかった夫の言葉は、初々《ういうい》しく、まっすぐに私の胸に響いた。

私の人生は、順風満帆だった。

「絵子」

絵子の背中で楽しそうに踊っていたおさげが、ぴたりと止まった。絵子はお笑い番組とか歌番組が好きだ。のめりこむ性格は、私に似たのかもしれない。

「もうそろそろ、お風呂《ふろ》に入りましょう」

「はあい」

名残惜しげに、絵子がテレビを消す。絵子がおさげをほどくと、ふわふわした髪が背中をおおった。

振り向いた顔は、恐《こわ》いほど大人びていた。

厳格な家庭で育った一人っ子の私は、異様なほど引っ込み思案だった。友達の作り方も友情の育《はぐく》み方も知らず、おしゃべりというものを想像しても、現実に紡《つむ》がれることはなかった。

麗羅は私とは真逆で、醸《かも》し出す雰囲気が刺々《とげとげ》しすぎて人をよせつけなかった。

ひとりぼっちは、ひとりぼっちを嗅《か》ぎ分ける。

「うちのママ、セクシーでしょ」

小学校から少し離れたところにある公園が、ふたりの憩《いこ》いの場所になった。広い公園には湖やテニスコートがあり、大人達のデートコースにもなっていた。

「うん。すごくきれい」

公園の端にはパンダや象や豚を象《かたど》った子供用のベンチがあったが、どれもが薄汚く、申し訳程度の児童スペースは日陰にあるせいか寂れていて、人はよりつかなかった。

さらに奥にある雑木林が怪しさを醸し出し、あの世とこの世の境目のようだった。私達ふたりは敬意を表して森と呼んでいた。雑木林なんてやけっぱちなレッテルを貼るから不気味なのであって、森と称すればそれは神秘に変わる。

夕方と夜がバトンタッチするぎりぎりの時間まで、麗羅と私はそこで過ごした。私は習い事をしていたので、毎日ではなかったが。

「化粧するともっときれいだよ」

麗羅はつんと顎《あご》を上げて髪をかきあげた。夜、麗羅の母は丹念にお化粧をするのだという。麗羅は時々自分もやってもらうと言った。

「化粧してそのまま寝たら、朝、化粧がくっついてお姫様になってたらいいって思うんだ」

麗羅は地面を蹴った。もの悲しげなパンダと象と豚に、夕陽が橙色《だいだいいろ》のベールをかぶせていく。

麗羅の母に、私は小銭を渡した。麗羅の母は百円玉を四枚卓袱台にのせ、チップね、と言って私の頭を撫《な》でた。何のことかわからなかった。

「この森に入ったら、お姫様になれるかな」

ふいに麗羅が、真顔になった。

「白雪姫もオーロラ姫も、森にいたじゃん」

でもこわいよ。言葉は喉元《のどもと》でくすぶった。まばらに生え縦横無尽に枝を伸ばす木々は、この地のどこよりも早く夜を連れてきた。パンダも象も豚も、恐れを成して平伏している。

「今度、うちに来る?」

おずおずと、私は言った。麗羅は、「マジで? いいの?」とはしゃいだ。

私達はふたてに別れ、帰路についた。ややあって、私の足音に別の人の足音が重なった。私の足音のリズムがぎこちなくなると、誰かの足音のリズムも乱れる。

下手なピアノの、連弾のように。

ふいに恐怖を感じた。見返ることもせず、ただひたすらに走った。

夫の仕事は、タオルやシーツを大量に必要とする。患者の身体を包んだり治療すべき箇所に当てたり、個々の事情を純白の布地で隠すのだ。

風に舞う洗濯物を眺めながら、想像してみる。個々が包括している事情というものを。

まだタオルにもシーツにも湿り気があるので、裏庭に回ってみた。裏庭には無花果の木があり、無花果と対面するように夫の施術室の窓がある。窓はいつもわずかにあいている。

夫の仕事を盗み見するなんて、頻繁にしているわけじゃない。私は自分に言い訳してみる。そんな悪趣味でいやらしいことを、私がするわけはない。

無花果を見上げる。この無花果は夫が独立して自宅で仕事をするようになった記念に、私が植えたのだ。

窓の隙間から夫が見える。夫はベッドに横たわる患者の背中を押していた。患者は女だ。ストッキングをはいた足の裏が、丸々と肥えている。骨にはみっちりと肉がついているだろう。

絵子が帰宅するまで間があるので、お財布だけを持って散歩に出た。この界隈《かいわい》の住宅で、我が家は目立って古く大きい。だからこそ、庭木の手入れは入念にやる。

T字路にある自動販売機の前に、金髪の男がいた。黒いカットソーを着た後ろ姿は細く、いささか頼りない。金髪に染めるなんて、社会不適合か、職業的義務か、単なる趣味か、いずれにしても、そういった人種の斜めさ加減が私は苦手だった。

男が屈《かが》んで飲み物を手にし、T字路を曲がっていく。横顔は無垢《むく》で、飾り気のない端正さを持ち合わせていた。

男が離れてから、自動販売機がチャリンと鳴った。

慌《あわ》てて駆けよると、釣銭口に百円玉が四枚あった。お釣りを握りしめ、男が行った道を数メートル走ってみたが、男は見当たらない。私はためらいつつ、お釣りをお財布にしまった。

家に戻ると洗濯物はすっかり乾いていた。風にそよぐシーツが、涼しげで新鮮な匂いをふりまく。人工的な森の香り。本物の森の香りを、私は知らない。

「ママ」

リビングに夫がいた。夫は施術室を離れると私をママと呼ぶ。夫なりのオンとオフの切り替えだろう。けれど白衣のままという曖昧《あいまい》さでママと呼ばれると、自分が何者なのかわからなくなる。

「お疲れ様。休憩する？　じきに絵子も帰ってくるわ」

「うん。お茶が一杯ほしいな」

夫が首と肩を回している。

「疲れてるのね」

「さっきの患者が、けっこう手強《てごわ》くてさ」

さっきの、丸々と肥えた女だ。

「今夜は豚の角煮にしようかしら」

夫は、きょとんとしてから、いいね、と微笑《ほほえ》む。私は自分が、酷《ひど》く醜い女になった気がした。

「ただいまー」

玄関がひらき、絵子のほがらかな声がリビングを明るくした。私はやかんを火にかけ、戸棚から夫のマグカップと絵子と私のティーカップを取り出す。

「おやつだぞ、絵子」

夫が絵子のおさげで、絵子の頰をくすぐった。絵子が嫌そうなうれしそうな、どっちつかずな顔をした。夫の悪戯《いたずら》を身体では拒んでいるのに、目や唇はそれを享受《きょうじゅ》している。

「やめて」

沸騰《ふっとう》した湯気で、やかんのふたが上下した。夫と絵子は静止画みたいに止まり、私は自分の声の激しさに寒気を覚えた。

「もう、お茶が入るから。ふたりとも座って」

取り繕うように笑ってみたが、手は震えていた。冷蔵庫をあけ顔を隠し呼吸を整える。

「ママ。今日のおやつ、何？」

たどたどしい絵子の物言い。不審に思っているのが気配でわかる。

「りんごとヨーグルトのケーキよ」

よく冷えたケーキを切り分けた。ティーポットを温め、お皿とフォークを用意する。ひとつひとつの動作をていねいにやっていけばこわくはない。日常生活に、微塵《みじん》も恐れなどないのだ。

夫はソファに腰かけ庭木に目をやる。白衣の、罪のない白さ。

ケーキと紅茶をふたり分ダイニングテーブルにのせると、私はお財布をつかんだ。

「ごめんなさい。ちょっと買い物に行ってくるわ」

「ママ？」

ケーキにフォークを突き刺し、絵子が首を傾げた。

「豚？」

何の気なしに、夫が言う。私は自分の骨ばった身体をさすった。

「ええ」

かろうじて笑い、玄関を出た。歩くことは時に精神安定剤になる。思考を蹴散らすように歩行速度をはやめる。踵《かかと》の低い靴で大股《おおまた》で、地面を蹴っていく。

T字路で、金髪の男に遭遇した。自動販売機を素通りしていく。

「待って」

思わず声をかけた。こぶしがグーになる。

男がゆっくりと振り向いた。二十代半ばだろうか。若いのに世捨て人のような目をしている。黒ずくめで、頭は金色という、さみしい夜みたいだ。

「何か」

「先程《さきほど》、お釣りを取り忘れてました。四百円」

男が自動販売機に視線を移す。無言で考え込んでいる。

怪しい女だと思っているのかもしれない。声をかけてしまったことを、激しく後悔した。

「俺、缶コーヒー買うのに五百四十円入れたんです。お釣りは確かに四百円だ」

男は私を見て薄く笑った。私はお財布から百円玉を四枚出し、男の手のひらにのせた。

「先程、偶然出くわしただけなんです。これで失礼します」

早口でまくしたて、両手でお財布を握りしめた。

「待ってください」

男はそのまま百円玉を自動販売機に投入した。ガコンと二回音がした。男は両手に

一本ずつ缶コーヒーを持ち、

「どうぞ」

右手を私に差し出す。

「え、あの」

なすべもなく、私はそれを受け取った。

「じゃあ、これで」

男が軽く会釈《えしゃく》をした。

去っていく男の後ろ姿は、どこか浮世離れしていた。現実に馴染もうと必死に頑張っているような、けれど馴染めない、やるせないあきらめがあった。

置き去りにされた手の中の缶コーヒーが、私の身体をじんわりとあたためた。


窓際《まどぎわ》の席で、麗羅がこぶしをグーにしていた。唇を噛《か》み、冷めたような目で校庭を見下ろしている。

放課後の教室は人がまばらで、夕陽の密度が濃い。

私がおずおずと麗羅に近づくと、麗羅はにやっと笑ってこぶしをかかげた。

「美緒。これ見て」

顔を近づけるようにと顎でジェスチャーし、そっとこぶしをひらいた。

爪にマニキュアがぬられていた。

「ママがぬってくれたの」

小さな爪には不似合いな、息をのむような色だった。所々ラメが散らしてある。

「今日、美緒のうちに呼ばれてるってママに言ったら、ママがぬってくれたの。でもさすがに先生に見つかったらやばいじゃん」

今日の麗羅は、とりわけ子供らしくない服装だった。レースでふちどられた黒の長いカーディガン、薄紫のスカート。

私のこぶしが、グーになった。

「美緒の癖」

麗羅が高らかに笑う。

「マニキュアがぬってあるわけでもないのに、いつもこぶしをグーにするんだよね」

校庭で、男子生徒がサッカーをしている。やんちゃに平和に時間を費やしている。

砂塵が夕暮れをぼやかした。

「隠しごとでもあるみたい」

麗羅は時々、時空を飛び越えたような、熟した女の人のような表情になる。

隠しごとなんて、と言いよどみ、グーにしたこぶしを背中に持っていった。

「ねえ、早く行こうよ。美緒のうち」

「うん」

麗羅のふわふわの髪と盛り上がった胸に、ランドセルは不釣り合いだった。私のおさげは子供の象徴のように胸に垂れ下がる。きつく編まれたおさげを、時々切ってしまいたくなる。

私の母は私が友達を連れてくると言ったら、ばかみたいによろこんだ。庭で摘んだコスモスを部屋中に生け、普段より手の込んだケーキを焼いた。

「麗羅さんね。いらっしゃい」

母は花柄のエプロンをしていた。パステルピンクのそれは母の愛用品のひとつだったが、麗羅の前では妙に白々しく、私はなぜか恥ずかしくなった。

「お邪魔します」

麗羅はぶっきらぼうに頭を下げた。母は子供部屋ではなく洋間に麗羅を案内し、ケーキと紅茶を運んできた。ピアノを弾く時のみ足を踏み入れていた洋間は、麗羅がいるだけで異空間に変わった。

「美緒」

ケーキと紅茶とともに居座ってしまった母は、私ではなく麗羅を見て言った。

「ピアノ、弾いてあげたら」

母が焼いたのはアップルパイだった。りんごとシナモンの香りが洋間の中でとぐろを巻き、胸が詰まる。麗羅はアップルパイにフォークを突き刺し、おもむろに頬ばった。

ケーキのかけらが、床に散らばる。

「弾きなよ」

指を舐《な》めて麗羅が言った。

「美緒のピアノ聴きたい」

母が私のアップルパイをフォークで三等分した。煮詰めたりんごがくにゃりと事切れた。

私の身体には紅茶もアップルパイも、何も入る隙がないほど、いっぱいになってしまった。苦しくて吐き出したくて、けれどできないので、しかたなくピアノをひらいた。

椅子《いす》に腰かけ、今習っている曲を弾いた。私の指が弾いているというより、鍵盤《けんばん》が曲の行く末を示してくれているようだった。ピアノという化け物に操られ、指がなめらかに動く。私の頭はからっぽだった。

「麗羅さんも弾いていいのよ」

麗羅の視線が背中に突き刺さるのがわかった。その横で母が優雅に紅茶をすすっていることも。

私は延々とピアノを弾いた。記憶にあるすべての曲を途切れなくつなげた。軽快な、ゆるやかな、静寂な、暗黒な、様々な調べは奇妙なくらい調和を崩さなかった。母はうっとりと目をとじているだろう。

ふっとピアノに影が差した。麗羅が亡霊のように立っていた。

勢いよく、麗羅の人差し指が鍵盤を叩《たた》いた。

悲鳴のような高音で、ようやく私の手が止まった。

「帰る」

麗羅が低くつぶやいた。

鍵盤の上で、マニキュアをぬった麗羅の爪が、赤々と光っていた。

近頃、散歩の時間が長くなった。買い物はほとんど車で済ませていたのに、今や歩きたいばかりに方々のスーパーを行き来する。

絵子が十二歳になってから。

Ｔ字路の自動販売機に男はいなかった。安堵《あんど》する反面、落胆している自分がいる。

あの日もらってしまった缶コーヒーは、とろりとして甘かった。

コンソメキューブと豆乳というつまらない買い物を済ませ、自宅に戻る。

門の前に絵子と、金髪の男がいた。

ランドセルを背負いおさげを垂らした絵子と、男が何か話している。

足元が凍りついた。こぶしがグーになり、ナイロン袋にしわがよった。

「あ、ママ」

絵子が無邪気に笑った。

男が目を見開き、絵子と私を見比べてから、会釈をした。

「あれ。ママ、知り合い？」

「絵子、どうしたの」

絵子の手首を引っぱった。絵子の顔がゆがむ。

「痛いよ、ママ」

「すいません、道を聞いていたんです。ちょうどここ、通りかかって」

男が事情を説明した。このあたりに引越してきたばかりだということ、道に迷ってしまったということ。

「学校から帰ってきて、ここでばったり会ったんだよ。道、おしえてあげたの」

絵子の手が私から逃れようと暴れる。離してあげたいのに、全身が硬直してうまくいかない。

「ママったら」

絵子の顔だけでなく、男の顔までが困惑している。

「お子さんが悪いんじゃないです。本当に、道を」

「……わかってるわ」

うなだれた。手の力がゆるみ、絵子の手首が自由になった。

「今日のママ、変」

ふくれっつらをして、絵子が家に入っていく。バタンとドアがしまる音がした。

「どうかされたんですか」

男が訝《いぶか》るでもなく、哀れむような、限りなくやさしい口調で言った。私は眉間《みけん》を指で押さえて、小刻みに首を振った。

「何でもないんです。すいません」

風が木々をゆする。花壇の花や無花果も、風に身をまかせているだろう。

男の顔を見つめるのも見つめられるのも嫌で、爪先《つまさき》に視線を落としていたら、私の影が夕闇《ゆうやみ》にさらわれていった。

「じゃあ、これで」

男は静かに去って行った。

秋から冬に季節は流れ、麗羅と私が公園で過ごす時間も減っていった。

「麗羅。この間、ごめんね」

私の家で、麗羅が気づまりな思いをしたのではと不安だった。

「何が」

麗羅は口笛を吹くみたいに飄々《ひょうひょう》とこたえ、子供用ベンチの薄汚い豚を蹴った。

冬になっても森は枯れず、ただ葉や枝の色を暗くしていき、全体を膨張させていった。実際に森の規模は変化しないだろう。灰色がかった冬の空が見せる錯覚なのかもしれない。

「美緒」

麗羅が、グーにしたこぶしを差し出した。

「これ、ママが借りたお金」

ひらかれた手のひらに、百円玉が四枚あった。

「いいよ、べつに」

私は小刻みに首を振った。

「あの日、結局おやつ食べなかったじゃん」

「でも、いいよ」

「うちには手作りのお菓子なんてないし」

いつのまにかグーになっていた私のこぶしを、麗羅がむりやりひらき、四百円を握らせた。

「あのね、麗羅」

麗羅は再び、豚を蹴った。

「男の人に、あとをつけられているの」

麗羅が目を見開く。

「学校帰りとかに、何日か前から、男の人に」

唐突に話題を切り替えたのは、麗羅の意識を引きつけたかったからだ。私の思惑はあたり、麗羅は好奇心丸出しといった、どこかわくわくした様子で話を促した。

「どんな男？　かっこいいの？」

「よくわかんない。たぶん、若そうな人。誰にも言ってないの」

「へぇ。男につけられてるんだ。見込みあるじゃん」

見込み。何のことかわからなかった。

数日前から男につけられているのは本当だった。一定の距離を保ち、足並みをそろえるようにくっついてくる。

「でもさぁ」

目を輝かせていた麗羅が、含み笑いをした。

「本当にそれ、美緒が目当てなのかな」

笑いながら乱暴に豚を蹴る。

「……どういう意味？」

麗羅の母に似た、派手で自己主張の強い顔で、容赦なく豚を蹴り続ける。

「だって、美緒って」

麗羅が私のおさげをつかみ、私の顔を毛先で突いた。

「……何……？」

冬の冷たい空気がひっそりと夜を連れてくる。麗羅の髪も、胸も、顔も、闇に溶け込む。

麗羅がぱっとおさげを離した。

「帰らなきゃ、やばいね。もう真っ暗だよ」

ふっとはかなげに笑って、私を置いて駆け出した。

「待って」

しがみつくように追いかけた。一度だけうしろを振り返ると、膨張した森が夜のかたまりになっていた。


夫とは寝室は一緒だが、ベッドは別だった。新婚当初や絵子をつくった時は、夫が私のベッドにもぐりこんできたのだ。私は夫の背中に手を回した。そうしたかったのではなく、そうした方がいいと、刷り込みされていたから。形式ばった振る舞いに、夫が気づかないはずはない。身体《からだ》のプロである夫は、けれど私の身体のこわばりを治してくれはしなかった。

ドレッサーの前で髪をとかす。私の髪は細くてコシがない。生まれてこのかた、私は髪を短くしたことがなかった。あつかいやすいままなんとなく、伸ばしっぱなしにしている。

髪を左右にわけ、みつあみを編んだ。指が震え、お化粧を落とした素の顔がひきつっていく。

こわばっているのは私の身体ではなく、心かもしれない。

寝室のドアがあいた。パジャマに着替えた夫が、ぬれた髪をタオルで拭《ふ》いている。

「ママ」

おさげにするなんて、何年ぶりだろう。

十二歳の、あの時から、私はおさげをやめた。

「もう十一時か」

夫は平静だった。夫の目に、私は配偶者という代名詞でしかないのか。ママ、美緒、と呼び方に工夫を凝らすという努力をしても。

「お疲れ様、あなた」

私は終始一貫して夫をあなたと呼ぶ。これでも一生懸命、ひらこうとしているのだ。夫のベッドにもぐりこめばいいのかもしれない。衣服も何もかも脱ぎ捨て、夫のパジャマを剝《は》ぎ、私のすべてを押しつけてしまえばいいのかもしれない。

「おやすみ、ママ」

夫が背を向けて寝息をたてる。

私は自分で自分を抱きしめた。かつて夫が魅了された、今も称賛してくれる骨は冷たくてかたい。

おさげをほどくと、まっすぐだった髪がふわふわとしなった。

鏡の中に、最初で最後の、友達の顔が浮かんだ。


足音に敏感になった私は、ピアノ教室からの帰り道に繁華街を選んだ。人ごみの中では、足音も特定できない。夜の手前の繁華街は子供と大人が半々で、疎外感《そがいかん》はなかった。

居酒屋やバーに明かりが灯《とも》りはじめる。道路わきに看板が出され、香水の匂《にお》いをさせた女の人が出てきた。

「あら？」

女の人が私の顔をまじまじと見る。

「えーと、美緒ちゃん、じゃない？」

女の人は、麗羅の母だった。様変わりしていてすぐにはわからなかった。胸元が大きくひらいた黒のカーディガンに薄紫のワンピース。ふわふわの髪に縁どられた顔には濃いお化粧がほどこされていた。唇と爪《つめ》は同じ色だ。所々ラメが散らしてある。

私は急いで会釈をした。

「あ、そうだ。ちょっと待ってて」

麗羅の母は両手をぱちんと叩いてから、店に入っていった。看板に電気がつき、『スナック　レイラ』の文字が光った。

麗羅の母は麩《ふ》菓子を手に戻ってきた。

「これ、あげる」

赤黒く太い棒のような麩菓子を私に向けた。

「最近はね、こういうのが客にウケるの」

おつまみ、と麗羅の母は言った。

「おつまみってね、大人のおやつなのよ」

大人になったら、赤黒くて無骨で生々しいものをおやつにしなければならないのか。麗羅の母の手が、グーになった私のこぶしを包んだ。肉感的でしっとりした手。私が麩菓子を受け取ろうとしないので、麗羅の母は観念したようにそれに唇をあてた。

「女がね、こう、舌先を麩菓子に這わせるように食べると、男はよろこぶのよ」

ピンクの舌先がちろちろと麩菓子を舐める。麗羅の母が含み笑いをする。

ダッテ、ミオッテ。言いかけて口を噤《つぐ》んだ麗羅を思い出した。目をとじ、頭を振った。おさげが左右にゆれる。目をあけ、地面を蹴《け》った。麗羅がするように。

麗羅の母に頭を下げ、繁華街を駆け抜けた。

男の足音に捕まらないように、やみくもに手足を動かした。

翌日、公園で麗羅は何食わぬ顔で言った。

「その男ってさ、おさげが好きなんじゃない?」

児童スペースの豚と象とパンダのベンチに、枯葉が数枚落ちていた。

「おさげ?」

「うん。そういうマニアっているじゃん」

マニア。私はおさげをつまんで、毛先を見つめた。

「ねえ」

麗羅が顔を近づける。

「髪型、交換してみようよ」

「……え」

「私がおさげにして、美緒がおさげをほどくの。おさげをほどけば、パーマかけたみたいになるじゃん」

私が躊躇する間もなく、麗羅が私からおさげのゴムをはずした。

がんじがらめに編まれていた髪は、解放されるなりふわりと広がった。

麗羅はランドセルから鏡を出し、豚のベンチに立てかけて髪を編んだ。

「ほら、見て」

麗羅が私に身体を押しつけ、鏡をかかげる。鏡の中に、妙に禁欲的な麗羅と、糸が切れたように不安定な私がいた。

「これで、男は美緒を追いかけないよ」

自信たっぷりに麗羅が言った。

「だって、美緒って……」

麗羅がくすくす笑った。やけくそのような、悲しみに満ちたような、寒気がする笑いだった。

笑いを止め、豚を蹴った。豚の上の枯葉が落下した。

森は静かに、私達を見守っている。


絵子の髪をみつあみにするのが、私の朝の日課だ。リビングで、まだ眠たげな絵子を目覚めさせるように折り目正しく編んでいく。

絵子は空中で指を動かしている。

「エアーピアノ」

テレビは天気予報を流している。晴れのち曇り、所によりにわか雨。

「明日こそ先生に花丸もらいたいな」

「そうね。でも」

夫は朝早くから施術室《せじゅっしつ》にこもっている。スケジュールが立て込んでいるのだろう。

「少しくらい引っかかった方が、いいかもしれないわ」

「ママ？」

絵子がうしろを向こうと、頭をずらした。

「正しくない方が、可愛《かわい》げがあるかもしれないわ」

絵子の指が止まり、架空のピアノも鳴り止《や》んだ。

「ママ。おさげ好き？」

前に向きなおり、歌うように言う。

「ええ」

「なんで？」

「禁欲的だから」

禁欲的。しゃあしゃあと娘に宣言した私を、私は心から軽蔑《けいべつ》した。

あるいは、狂っているのかもしれない。

「痛いよ、ママ」

知らずに、手の力を強めていた。

「ごめんなさい」

みつあみをゴムで結び、長い二本のおさげを絵子の胸の前にたらす。

背後から、絵子をぎゅっと抱きしめた。

私はたぶん、狂っている。

「ママ。もう学校に行かなきゃ」

絵子がもがき、私の腕からすりぬける。ランドセルを背負い、おさげを揺らす快活な後ろ姿。

「いってらっしゃい」

どこにも行けないまま、私は絵子を見送った。

朝食の片付けをし、洗濯物を干し、家中の掃除をする。おやつ用にスイートポテトを、夕食用に大学芋を作ると、もうお昼になった。

ツナとチーズのホットサンドとスープを施術室に運ぶ。

「もうお昼か」

夫はパソコンで電子カルテを処理していた。ベッドの上のシーツとバスタオルは、きちんと整えられている。

「あなた」

夫は片手でマウスを操り、片手でホットサンドをつまんだ。

「今日の夕食、お肉でいい？」

口を動かしながら、気のないそぶりでうなずく。

「豚？　牛？　鶏《とり》？　何がいい？」

ベッドに視線を落としたまま、私は言った。

夫が怪訝《けげん》そうに振り向く。

「何でもいいよ」

「豚にするわ」

「そうだね」

「一番肉らしいもの」

夫はもう永遠に私を抱かないだろう。

寝乱れた様子が微塵もないベッドを見つめながら、なぜだか私はそう思った。

「あのさ」

夫がスープを飲み干す。

「そろそろ、午後の患者が来るから」

「ええ」

からになったお皿とマグカップをさげ、

「じゃあ、七時半に」

夫の背中に言った。

夫は私を呼ばなかった。美緒ともママとも、何とも。骨にも触れなかった。豚肉はロースもヒレもバラも冷凍庫に常備されている。食欲がないので温めた豆乳にシナモンを入れて飲み、うたたねでもしようと試みた。うまくいかなかった。

しかたがないので門柱や表札、整体院の看板をみがき、庭の落ち葉を集めた。裏庭に回り、無花果《いちじく》を見上げた。果実は夏に収穫し、葉もまばらなので、どこかうらさみしい。

幹や枝を撫でていたら、施術室から甘い匂いがした。甘い匂い、気配というのか、が施術室の窓からもれてきた。

施術室の窓は、いつもわずかにあいている。

吸いよせられるように、施術室を覗《のぞ》いた。

ベッドを挟んで、夫と女がいた。

女は、若くはなかった。背が低く小太りで、赤茶の髪は陰毛のように縮れていて下品だった。

女が夫の前で、舌なめずりするように微笑み、服を脱ぎだした。セーターにはじまり、ブラウス、スカート、ストッキング、ブラジャー、そしてショーツを惜しみなく脱衣かごに投げていく。

女の皮膚はたるみ、腐りかけの肉のようにだらしがなかった。

夫が女の身体を純白のバスタオルで包み、ベッドに寝かせる。顔はドア側に、足の裏が窓側にくる体勢だ。

女のちんまりした無防備な足が、私の顔を踏みつけた、気がした。無花果の枝をつかんだ手に、力がみなぎる。

夫はバスタオル越しに女の身体を揉《も》みしだき、やがて興奮したように動作を速めた。

何分くらい経過しただろう。夫がおずおずとバスタオルをめくり、むきだしになった女の背中にまたがったのだ。

ほら、やっぱり、と私の中の私がほくそ笑む。

女の胸の位置に夫の手が差し込まれ、夫が女に覆《おお》いかぶさる。

ほら、やっぱり。夫も骨よりも肉が好きなのだ。骨などおもしろみもなんともない、いくらしゃぶっても旨味《うまみ》なんか出てこない。

男は肉が好きなのだ。

骨よりも肉が好きなのだ。十二歳で出会った、足音の男も然《しか》りだった。

おかしくて笑った。身体を折り曲げて笑うと無花果の枝が折れ、手のひらに血がにじんだ。

夫の行為を、余すことなく見つめた。肉にむしゃぶりつく夫の姿を、心に頭に身体に刻みつけた。夫が普通の男でよかったと純粋に思い祝福し、私は無花果の枝を何本も折った。

ふと背後に視線を感じた。

振り向くと、金髪の男がいた。今しがた通りかかったという風情《ふぜい》で、けれど尋常でない私から目が離せないといった、複雑な表情をしていた。私は地面にばらまかれた無花果の枝を蹴り、男めがけて走り出した。

麗羅は、あちこち蹴るのが癖だった。

やるせないことを遠ざけるように蹴るのだ。麗羅の切なさが、私は好きだった。

私の形相がよほど切羽詰まっていたのだろう、金髪の男はたじろぎながらも心配するそぶりを見せた。

「大丈夫ですか？」

「来て」

男の手首をつかみ、家に連れ込む。

玄関に絵子の靴がそろえてあり、ダイニングテーブルにからのお皿とフォーク、ティーカップがあった。

二階からピアノの音が聞こえる。

絵子はすんなりと帰宅し、おやつを食べ、ピアノの練習を開始したのだ。絵子はしっかりと自分の人生を歩んでいる。

絵子がしばらく降りてこないことを確信し、私は男をソファに押し倒した。戸惑う男をよそに、服を脱いでいく。

人前で服を脱ぐなんて何年ぶりだろう。絵子の存在を気にするなんて、私もすっかり母になってしまった。妻や母である前に女なのに。

組み敷いた男は、不思議と抵抗しなかった。成り行き任せのような、悟りをひらいているような静かであたたかい目で私を見つめ、ひんやりした手で唇で私にこたえた。

絵子のピアノが聞こえる。

絵子のピアノは、いつも途中で引っかかる。引っかかった場所に戻っては同じ旋律を繰り返す。

私は目をとじて、ぎこちないピアノの音色にたゆたう。男の息づかいと私の息づかいが重なる。

下手なピアノの、連弾のように。

十二歳の、あの日。公園で麗羅と私は髪形を交換した。麗羅はおさげに、私はふわふわのロングヘアに。

その夜、麗羅は行方不明になり、数日後に発見された。

麗羅は、森で死んでいた。殺されたのだ。私をつけていた足音の男に、暴行されて殺された。

おさげにしたまま、股の間から血を流して死んだのだろう。子供にしては肉感的な胸や尻《しり》を汚《けが》され、太腿《ふともも》に白い液体をぶちまけられて。

達する時、男はおさげで麗羅の首を絞めたのかもしれない。

無論、こういった情報を大人達はひた隠しにした。私の母は私を家にとじこめ、しばらく学校にも行かせなかったほどだ。

足音の男が、麗羅と私を間違えたのか、麗羅が言うようにマニアだったのか、わからない。

いずれにせよ、麗羅が死んだ日から、私はおさげをやめた。

絵子のピアノが聞こえる。引っかかっては戻り、また繰り返す。私は正しく生きてきたつもりだった。その正しさが、間違いだと気づいていながら、どうにもできず繰り返しの中で生きてきた。

十二歳で封印された女というものを、今、名前も知らない男にぶつけている。夫にぶつければよかったのに。骨だけではなく、肉もあることを、夫にぶつければよかったのだ。

もう、遅いけれど。

友達だった麗羅が、最後に私に言った。

「だって、美緒って、つまんない女だもん」

意地悪く笑いながら、けれど悲しさも含ませて言った。

私ばかりが上になり、男はひたすら受け身だった。夕暮れが窓を染め、洗濯物も淡く色づく。シーツもバスタオルもタオルも、白から赤に変わっていく。

疲れ果て、男の胸に倒れ込んだ。ソファからずり落ちそうになり、男が慌《あわ》てて支えた。

「……ごめんなさい」

吐息とともに、私は言った。

「あなたのこと、ちっとも好きじゃないの」

「俺もです」

男はさも平然と言った。素っ裸で、あられもない姿で、貪《むさぼ》りあったというのに、お互い空気のようだった。

「そう」

シャワーを浴びるとか喉《のど》が渇いたとか、社交辞令も出てこなかった。

「ただ、あなたは」

絵子のピアノが止まった。

「昔の彼女に似ているんです」

これも男なりの社交辞令かもしれない。

「昔の彼女」

口の中で転がした。男が早々に服を着出したので、本当に社交辞令だったとわかった。シャワーを勧めてみたが男は丁重に断った。

男が私の、脱ぎ捨てた服を拾いはじめた。

ゆっくりとした動作に、さっきの話は実話なのではと思いなおした。

「その、昔の彼女は、今は何を？」

身なりを整えながら、私は言った。夕暮れが夜を連れてきて、部屋は薄暗い。

「車で、電信柱に激突しました」

頭《こうべ》を垂れ、それきり何も言わなかった。

金色の髪が、夜に押し潰《つぶ》されていく。私は自分で自分の身体を抱いた。指にあたる骨は、ほんのりとあたたかかった。


絵子がピアノで花丸をもらった。

「やっと次の曲だよ。今度のも難しい」

朝、絵子の髪をみつあみに編むのが私の日課だ。私に髪をとかれながら、絵子は空中でピアノを弾く。

「絵子」

私は健康で快活に育った娘に言う。

「おさげは、中学校に入るまでね」

後ろ向きのままで、絵子が首を傾《かし》げた。

「うん」

空中でリズムを取る絵子の指。絵子にはこぶしをグーにする癖はない。

「ママ。今日のおやつ、何？」

みつあみをゴムで結わき、絵子の胸の前にたらす。

「何にしようかしら」

夫がパジャマのままでリビングに入ってくる。寝癖がついた髪と寝ぼけ眼。

「ママ、絵子。おはよう」

「おはよう、あなた」

「パパ、超お寝坊」

夫が笑いながら絵子のおさげにふれ、慌てて手を引っ込める。

「コーヒー入れるわね」

平和な朝、平和な毎日。これが正しいと信じて疑わない、皆、どこかに嘘《うそ》を隠している。

絵子は学校に、夫が施術室にこもると、私は久しぶりに車で買い物に出た。

長い髪を縛ることなく、洗いざらしのまま、車を走らせる。

バックミラーに、少女の顔が映った。

麗羅だ。長くふわふわな髪をした麗羅。生意気でませていて気が強く、さみしがりやだった麗羅。

肉に包まれた麗羅の骨は、さぞ頼りなかったことだろう。私は肩をさすり、骨の感触を確かめる。

金髪の男には、あれから会っていない。見かけもしない。これでよかったのだと自分に言い聞かせる。

車で電信柱に激突したという、男の彼女はどんな気持ちだったのだろう。

天変地異じゃなければ、事故であれ病であれ、自身では死を予感しているものだ。忍びよる死というものを、心の奥底ではわかっている。

麗羅。私はバックミラーの麗羅に話しかける。

麗羅。そっちの世界に行ったら、また友達になってくれる？

麗羅が悪戯《いたずら》っぽく、笑った気がした。

まだ宵の口

生理前になると、餡子《あんこ》が食べたくなる。大福、あんぱん、シベリア。何でもいいのだが、パート先を決めたのは、つまり生理前だったのだ。

小豆の色や質感は、使われずに排出される血液に、どこか似ているかもしれない。

目覚める直前や寝しなには、思考が勝手にひとり歩きする。まどろんでいたら、手の中で三時を告げるアラームが鳴った。

お団子屋のパートを始めてから、携帯電話を握りしめて眠る癖がついた。隣で寝息をたてている夫を起こさないようアラームを素早く止め、布団《ふとん》にぬくもりだけを残して、そっとベッドを抜け出す。

夫の朝食とお弁当の支度をし、朝食にはラップをかけ、お弁当の包みにメモ用紙を挟む。

『おはよう。今夜は栗《くり》ごはんだよ』

夜とも朝ともつかない時間に家を出るたび、本当に家出をする気分になる。日常から忘れ去られたようなこの時間は、とりわけ妄想が澄みわたり、何かいけないことをしてみたくなるのだ。自転車でわずか数分の、できないとわかっている安全な冒険を、けれど私は楽しんでいた。素顔にリップクリームという雑な顔で、朝陽が昇る前に邪《よこしま》に笑う。

お団子屋のわきに自転車を置き、裏口のガラス戸をあける。

「おはようございまぁす」

妄想を蹴《け》散《ち》らすように、大声で挨拶《あいさつ》をした。駅からわずかに離れたお団子屋の開店は朝六時で、おにぎりやおはぎや簡単なお弁当も扱っているため、仕込みはかなり慌《あわ》ただしい。朝食代わりに焼き団子を頬ばるサラリーマンや、散歩がてらにみたらし団子を買っていくお年寄りもいる。パート勤務は朝四時から七時だが、四人の主婦で切り回し、瞬《また》く間に過ぎていく。

調理場に三人の主婦がかたまり、神妙にうつむいていた。

「あ、和香奈《わかな》さん。おはよう」

挨拶を返してくれたのは、冴子《さえこ》だった。冴子は年齢も家も近いので、職場を離れると呼び捨てにし合う仲だ。

他のふたりは五十代で、冴子と私とは十歳ほど違う。しかしいつもは豪快に挨拶を返してくれる。

「何かあったんですか」

髪を結わきながら聞いてみたものの、五十代のふたりは微動だにしない。時計はもう四時を十分過ぎている。炊飯器にはスイッチが入っておらず、上新粉をこねる機械も作動していない。

「早くやっちゃわないと、開店に間に合いませんよ」

調理場のすみで割烹着《かっぽうぎ》に着替え、三角巾《さんかくきん》をかぶった。冴子が小走りに私に近づき、耳打ちする。

「店長がいないのよ」

「え？」

改めて調理場を見渡した。そういえば、いない。

「遅刻とか」

「そうじゃないのよ。いないのよ」

五十代のふたりがのろのろと動きだした。役割をはたすことで頭を整理しようとするように。

「……いない？」

冴子が私の腕を引っぱった。

「そう、いないの。でもとにかく、やることやらなきゃね。私おにぎりやるから、和香奈はお団子頼むね」

店長は冴子と私と同じ四十代で、妻も子供も家も持っていた。チェーン店とはいえお団子屋の店長で、売り上げも悪くはなかったはずだ。

いなくなった、とは。

夜でもなく朝でもない、浮ついた時間に、朝陽にさらわれる直前の薄闇《うすやみ》に似た心の奥底をふっと覗《のぞ》いてしまったのだろうか。

時間という概念がない時間に、私が自転車に乗りながら、ついうっかり乗ってしまう冒険のように。

冒険なんて、実行しないからこそ冒険として成立するのに。

実行したら、ただの現実ではないか。

「和香奈さん、串《くし》、お願い」

冴子がお団子製造機に練りあがった上新粉を投入した。私は慌てて所定位置に串をセットする。スイッチを入れると四連のお団子が形成され、タイミングよく串が刺さる仕組みだ。私はそれを一本ずつひろってはケースに並べる。時折、串が二本刺さったり、お団子の中で串が折れたりと不具合が発生するので、ぼんやりしてもいられなかった。規則的にはき出されるお団子ですら、よそ見をしている間に不協和音が生じる。

私は調理場を振り返った。世間ではまだ一日が始まる前に、私達は他人の一日のための準備をしている。焼き団子の焦《こ》げつきでその日の運をはかるサラリーマンもいるかもしれない、散歩がてらに食べるみたらし団子がないとその日一日をふいにしたと落胆するお年寄りがいるかもしれない。

誰かの尊い人として、私は今、ここにいる。

夫は今、私のぬくもりを抱いているだろうか。

パートが終わって帰宅すると、ベッドの下に丸まったティッシュペーパーがあったりする。私の中にはき出されるはずだった夫のぬくもりが、死骸《しがい》となり干からびている。

「和香奈さん、そろそろお団子焼きはじめて。タレ、継ぎ足しといたから」

私の後ろを冴子が忙《せわ》しなく行き来する。おにぎりをショーケースに並べ、カウンターを布巾で拭《ふ》く。五十代ふたりは調理台で数種類のおはぎを作っている。

「あの奥さんの様子じゃ、蒸発だね」

「電話口じゃ、わりと冷静だったけど」

「二、三日で帰ってくるんじゃない」

軽口をたたきながら、丸めたもち米に餡子やきな粉や黒胡麻《くろごま》をぬりつけている。

「……蒸発、ね」

お団子の焼ける音で、私のひとりごとはかき消された。蒸発の定義は何日なのだろう。二、三日で成り立つものなのか。

「疲れちゃったのかもね」

いつの間にか隣にいた冴子の横顔が、妙に冷めていた。

「単なる無断欠勤かもよ」

お団子を三本、タレに浸して炭火で焼いていく。頃合いを見計らって引っくり返し、またタレに浸す。

「四十過ぎた男が無断欠勤すること自体、変でしょ」

香ばしく焼きあがったお団子を保温ショーケースに並べ、まっさらなお団子にタレをつけ、焼いていく。つまらない単純な繰り返しだ。

「うん、まあ」

「でも、人ひとりいなくても、一日って過ぎていくのよね。明日あたり、新しい店長が派遣されてくるかもね」

冴子が持ち場に戻り、透明フィルムで和菓子を包む。酒饅頭《さかまんじゅう》、栗蒸し羊羹《ようかん》、柿餅《かきもち》。五十代のパートふたりが連携してシャッターをあけ、看板を表に出した。店内がまばゆい朝陽にさらされる。罪も罰も妄想も冒険も、たちどころに退散してしまう勢いだ。

人ひとり、いなくても。太陽は昇り、一日は残酷なまでに神々《こうごう》しく幕をあける。店長はどこかで、手厳しく清らかな朝陽をあびているだろうか。

「いらっしゃいませぇ」

お団子を焼きながら、私は声を張り上げた。

朦朧《もうろう》とした顔で焼き団子を買い求め駅へ急ぐサラリーマン、快活に挨拶を返す散歩途中の老夫婦。

一言二言交わすだけの常連客だが、彼らにとっての私は、いわば一日が無事に始まるというしるしみたいなものだろう。

まっさらなお団子からしたたるタレが炭火にすいよせられるのを見つめながら、もし私がいなくなったら、と考える。お団子に焼き目がつき、甘味と苦味が混ざったふくよかな匂《にお》いがたちこめた。

もし、私がいなくなったら。

「すいません、焼き団子一本いただけますか」

顔を上げると、金髪の男がいた。

朝陽をとかしたような、高貴な色だ。黒ずくめの格好や端正だけど斜《はす》に構えた顔立ちは、早朝とは対極にあるというのに。

朝をむりやり汚した、夜のような男だ。

「お持ち帰りですか」

いいえ、とそっけなくこたえて、唇だけでかすかに笑った。

常連客になるといいなと、ひそかに思った。

まだ七時だというのに、もう一日の半分を過ごした気分になる。

勤務を交代したパートさん達への、店長不在の説明は年配の五十代ふたりに任せ、冴子と私は帰り支度をした。

「冴子。いったん帰宅してからモーニング食べに行かない？」

醬油《しょうゆ》と砂糖の匂いがしみついた三角巾と割烹着をトートバッグに突っ込み、髪をほどく。

冴子はロッカーの鏡で顔の皮脂を確認していた。

「和香奈、脂《あぶら》取り紙持ってない？」

「持ってないよ。誰に会うわけでもないし」

冴子はいつも薄化粧をして出勤し、化粧直しをしてから帰宅する。私はお財布と着替えと、必要最低限のものしか持参しない。女臭さを持ち込むのは、冴子だけだった。

「脂取り紙なんか、これで充分でしょ」

五十代のひとりが、キッチンペーパーを一枚ちぎって、冴子に渡した。じゃ、お疲れ。五十代ふたりが去っていき、ガラス戸がしめられた。冴子はキッチンペーパーをていねいに折りたたみ、ゴミ箱に捨てた。

「和香奈、ごめん。今日は結真《ゆま》が学校休んでるのよ」

「結真ちゃん、風邪?」

「微熱程度だけどね。じゃあ、うちでごはん食べない?」

「いいの?」

「いいわよ。結真は寝てるから」

顔のてかりをティッシュペーパーで押さえ、口紅をぬりなおした冴子はくっきりと笑った。

調理場の蒸した空気とは異なり、外気は冷たく乾いている。洗濯日和《びより》だ、と見上げた太陽は、まぶたに痛いほどまぶしい光を投げつける。

お団子屋の前の大通りを、右と左とに冴子と別れた。自転車を走らせる冴子の丸い尻《しり》は、小振りだけれど安定感がある。子供を産んだ気高い尻だ。

私は自分の、たるんだうえに役立たずの尻を、サドルに乗せた。


駅へ向かう人々の波に逆らうだけで、何かいけないことをしている気分になる。例えば蒸発からこっそり帰宅した主婦のような。マンションの鍵《かぎ》をあけ、流しの洗い桶《おけ》に浸された夫の食器を見るたび、いとしさがこみあげてくる。夫がいる時よりも夫がいない時の方が、ぬくもりが際立《きわだ》つのだ。透明なアメーバのように、夫の息吹《いぶき》やまなざしや加齢臭が、浮遊してただよう。

私はそれらを存分に味わった後、リビングの窓を開放する。

今日も一日無事に終わりますように。

洗濯機を回しながら軽くシャワーをあびた。割烹着と三角巾で武装しているとはいえ、調理場の匂いは身体中《からだじゅう》にしみつくものだ。小学校一年生の娘がいる冴子は、シャワーの代わりに消臭スプレーをあび、座る間もなく朝食の支度をするのだそうだ。

「食べるのは結真だけよ。パートでおにぎりやらお団子やら扱ってると、それだけでお腹《なか》いっぱいになっちゃうわ」

いつだったか、自嘲《じちょう》気味に冴子が言った。

タオルで髪を拭きながら、冷蔵庫から食パンとハムとレタスとマヨネーズ、戸棚からツナの缶詰を出した。サンドイッチを作り、ラップで包む。

洗濯物を干し、夫と私の、乱れたベッドを整える。もっとも、乱したのは夫だけだけれど。

夫が寝た後の、ごくわずかに凹《へこ》んだシーツを指でなぞり、夫のあの部分に鼻をこすりつける。柔軟剤の爽《さわ》やかさと体臭の酸《す》っぱさが、私の胸をくすぐる。このまま、果ててしまってもいいと思う。

ベッドの下に、丸まったティッシュペーパーが転がっていた。私は安堵《あんど》して、それをつまみあげた。


冴子の家は、うちのマンションから自転車で十五分ほどの団地だ。お団子屋まではお互い自転車で十分ほど、パートの勤務先としては妥当だと思う。

呼び鈴を押すと、お味噌《みそ》汁《しる》の匂いとともに冴子が顔を出した。

「あ、私サンドイッチ作ってきちゃった」

紙袋を渡すと、冴子が苦笑した。

「せっかくだから、サンドイッチいただこうかな。味噌汁は夕食用にするわ」

あがって、と冴子が私を促す。レースがあしらわれた花柄のスリッパ。

「でも私、味噌汁も飲みたいな」

「あら、プリンが入ってるわよ。五つも」

紙袋を覗きながら、冴子が言った。冴子の髪にはまだ調理場の名残があった。

「結真ちゃんにお見舞い。コンビニので悪いけど」

「ありがとう、よろこぶわ」

団地の間取りは簡潔でわかりやすい。母子家庭というのも、気配でわかる。どこか乳臭いのだ。

冴子は一昨年離婚をし、結真ちゃんを伴って団地に引っ越してきた。

サンドイッチにお味噌汁という珍妙な取り合わせで、冴子と私は遅めの朝食を食べた。

「結真は、本当はパンが好きなの」

レタスとハム、玉ねぎとツナのサンドイッチをそれぞれひとつずつ、冴子は小振りの皿に取り分けた。

「ミッフィーちゃんのお皿だね。点数集めてたの？」

冴子は不審げに首を傾《かし》げた。

「あ、ごめん。パンの景品でそういうのがあるから。ほら、子供向けの」

私は慌てて味噌汁をすする。化学調味料の薄べったい味ではなく、お出汁《だし》のまろやかな味がした。

「私、ああいうのあんまり好きじゃなくて」

「そっか。そうだね。これ、お出汁何で取ってるの？」

「結真はああいうのほしがるんだけど。子供の頃に安っぽいものはおしえたくないの」

「結真ちゃん、きちんと育ってるよね」

母子家庭に対してこれは嫌味に聞こえるのかもと、ごまかすように味噌汁を口に含んだ。

「お出汁は、鰹節《かつおぶし》よ」

「そっか」

サンドイッチのレタスは、少ししなびていた。冴子は気にする風でもなく、ゆっくりと咀嚼《そしゃく》している。

「結真は、本当はパンが好きなのよ。でも、私の身体から調理場の匂いが抜けなくて、パンを食べててもごはんと味噌汁を食べてるみたいだって、言うのよ」

「そうなんだ」

「さすがに、帰宅してから三時間もたてば、匂いなんか消えるけどね」

餡子が食べたい、と思った。まだ生理は先のはずなのに。

冴子がコーヒーメーカーをセットした。

「和香奈が持ってきてくれたプリン、食べない？」

「うん」

食べ終わったお皿を重ねる。サンドイッチが二切れのったミッフィーのお皿は、景品のような安っぽさは微塵《みじん》もなかった。

「……ママ」

消え入りそうな声に振り向くと、パジャマ姿の結真ちゃんがうさぎのぬいぐるみを抱いていた。

「結真ちゃん、おはよう」

私は結真ちゃんに駆けより、頬に頬をくっつけた。

「まだ顔が熱いみたいね。具合どう？」

「もう大丈夫」

うさぎを万歳させて、おどけて言った。

「結真。和香奈さんにご挨拶なさい」

冴子が私の肩に手を置くと、私はたちまちみそっかすになった。冴子に他意はないだろうが、しっかりとした手の重みは、部外者としての私への重圧につながる。私は逃げるように、けれど平静に流し台に行き、お皿洗いを続行した。

「和香奈さん、おはようございます」

結真ちゃんの無邪気な声を、背中で受け止める。

「ごめんね、和香奈。結真も一緒でいい?」

さりげなく私からスポンジを奪うと、心底申し訳なさそうに言った。

「いいわよぅ、勿論《もちろん》。そのためにプリン買ってきたんだもの」

子供がいる家庭や、子供を持つ女の人や、その空気に、疎外感《そがいかん》を感じるようになったのはいつからだろう。

餡子が食べたいなと思う。プリンじゃなくお饅頭やあんみつにすればよかった。

お皿を洗う冴子から後退《あとずさ》りながら、冴子の尻を疎《うと》ましげに見つめる自分を嘲笑《あざわら》うように、私は言った。

「結真ちゃん。プリン、一緒に食べよう」

「うん」

結真ちゃんのうさぎの手が、私の手にやわらかくふれた。

「結真。冷蔵庫にプリンが入ってるから、三つ出して。和香奈さんにお礼を言うのよ」

冴子がコーヒーをふたつと、白湯《さゆ》をテーブルに並べた。

「和香奈さん、ありがとうございます」

お辞儀をした結真ちゃんのつむじに、鼻先をくっつけてみる。子供の髪は室内でも、たとえ雨でも、陽だまりの匂いがする。

心地よさに目をとじると、なぜか夫の顔が浮かんだ。即座に目をあける。結真ちゃんと冴子が、同じ角度で首を傾げていた。

冴子のことも結真ちゃんのことも好きなのに、母子がセットになるとすぐさま退散したくなる。

冴子、結真ちゃん、うさぎ、私、で囲むテーブルはどこかぎこちなく空々しかった。

「ねえ、和香奈」

冴子がコーヒーカップをさげた。

「あ、そろそろおいとまするね。冴子、次の仕事でしょ」

「ううん、仕事は休んだ。講義はあるけど」

冴子はお団子屋のパートの他、ファミレスでも働いている。さらにファイナンシャルプランナーの資格を取るべく、スクールに通っているのだ。別れたご主人から養育費はもらっていると聞いたが、詳細はわからない。ぼやかしている部分はあえて突かず、うやむやにしておくのが女の友情を保つコツだ。

「でも、そろそろ帰るね」

「そう。ねえ、和香奈」

さっきから歯切れが悪い。目を泳がせていたら結真ちゃんと目が合い、お互い意味もなく笑い合うと、意味もなくハイタッチをした。

「ううん、いいわ」

冴子は空笑いし、結真ちゃんの前に薬局の紙袋を置いた。いちにちさんかいしょくご30ぷんいないににじょうずつ。注意書きを読み上げながら、小さな手で器用に錠剤を取り出し、白湯で飲み下す。結真ちゃんの華奢《きゃしゃ》な喉《のど》が、頼りなくふるえた。

私はうさぎの頭をそっと撫《な》で、冴子の家を後にした。

その夜、冴子がいなくなった。

お団子屋には新しい店長が派遣され、出勤前のサラリーマンや散歩途中の老夫婦が焼き団子を買いにやってくる。人は自ら動くのではなく、時間という船に乗ってしまうからやむなく動くのだ。うっかり船から落ちてしまったら、日常からはじきだされてさすらうしかない。

「いらっしゃいませぇ」

声を張り上げる。さすらいは冒険で、一抹の夢だ。夢はたちまち腐敗し、抜け殻みたいな現実となる。

「すいません、焼き団子一本いただけますか」

金髪の男が、寒そうに肩をすくめていた。

「あ、はい」

お持ち帰りですか、とはもう聞かない。彼はいっぱしの顔になりつつあった。

炭火の香りを慈《いつく》しむように、金髪の男は焼き団子を頬張る。一日を終えたのか、あるいは一日を始めるのか、どっちつかずな雰囲気だった。世の中の妄想をかき集めて形にしたような男だ。とりわけ、女の。

冴子には男がいたのかもしれない。

ごちそうさまでした、と一礼して男が去って行った。パート終了五分前。私はお稲荷《いなり》さんとおはぎを数種類、折詰にした。

「お疲れ様でしたぁ」

店長や冴子の不在は数日で一掃され、なかったことになる。けれど、冴子がいない証拠が、私の自宅にあった。

マンションのドアを開けると、

「和香奈ちゃん、おかえりなさい」

うさぎのぬいぐるみと一緒に、結真ちゃんが駆けてくる。

「ただいま。お腹すいたでしょ」

「うん。朝ごはん、なに？」

「お稲荷さんとおはぎ」

「焼き団子の匂い」

私の下腹に抱きつく。結真ちゃんの髪が子宮をくすぐる。

自分の子でもないのに、身体中がじんわりと潤《うるお》う。目をとじると夫の顔が浮かぶ。夫の、あの時の顔。和香奈ちゃん、和香奈ちゃん、和香奈ちゃん、もうだめだいく。

子宮が収縮する。私は結真ちゃんの頭を両手でつかみ、下腹に押しつけた。

「和香奈ちゃん？」

餡子が食べたい。餡子が私の血になり、したたる。

「おはぎ食べようね。お茶入れるね」

結真ちゃんの頬を両手で挟む。結真ちゃんは両腕でうさぎを抱えている。

女は、何かを抱くのが好きだ。

流しの洗い桶に夫の食器が浸されていた。

「おじちゃん、朝の七時くらいに会社に行ったみたい」

リビングのソファをトランポリン代わりに遊んでいる。革張りのソファは、結真ちゃんがいっぺんで気に入ったものだ。うちのお台所くらいある！　と歓声を上げた。

「結真ちゃん、起きてたの？」

結真ちゃんは客間で寝起きしている。私の傍らで寝かせたいのだが、夫の手前、遠慮していた。

俺は別にかまわないよ。

夫はそんな風に言った。俺、子供好きだし、とも。夫が子供好きなのは知っている。

「お布団の中で、おじちゃんの音を聞いてたの」

「そっか」

夫の音。私はいつも聞いているから。夫はあちこちに音や匂いや吐息を残しているから。

「ねえ、和香奈ちゃん」

結真ちゃんがうさぎを抱いて、ソファの上を回転している。上になったり下になったり。かつて夫と私が繰り広げた光景だ。

「なあに？」

大皿にのせたお稲荷さんとおはぎを、ダイニングテーブルに置く。結真ちゃん用の取り皿はミッフィーだ。私がせっせと同じメーカーのパンを買い、点数を集めて入手した景品だ。冴子が嫌う安っぽさが、私にはいたいけに映る。

「和香奈ちゃんも、離婚するの？」

夫婦箸《めおとばし》の片割れと割りばし。夫婦茶碗《ぢゃわん》の片割れと来客用の湯呑《ゆの》み。結真ちゃん用の食器をそろえるべきだろうか。

「え？」

「だって、すれ違いの生活って言うんでしょ。うちのママと同じ」

いただきます。ちょこんとお辞儀をして、結真ちゃんがおはぎに箸を伸ばす。

私の箸と、かちあった。

結真ちゃんが即座に箸を引っ込めた。

「いいのよ、ごめんね。おはぎ食べて」

「ううん。お稲荷さん食べる」

私の箸が空中で静止する。結真ちゃんがうつむき、お稲荷さんの油揚げを裂く。箸でごはんをつまもうとするけれど、油がしみた米粒は散らばるばかりだ。

私はおはぎに箸を突き刺し、おもむろに食べた。甘味が爪先《つまさき》から脳天に到達し、身体中が感電したようにしびれる。指先が夫を求めている。和香奈ちゃん、和香奈ちゃん、和香奈ちゃん。

だめだ、いく。

出産はセックスより恍惚《こうこつ》としたものだろうか。

おはぎを飲み込む。じきに小豆色の血液が私から排出される。非情だ、と思う。

「別れないわ」

「おじちゃん、忙しいんだね」

コウノトリがこの子くらいの子供を運んできてくれたらいいのにな。

夫が、結真ちゃんの寝顔を見てそんな風に言った。子育ての手間ないしさ、とも。

夫は子育ての手間を知っている。面倒くさくて綱渡りで疲労ばかりで、かけがえのない愛の手間を、知っているのだ。

「おはぎ、食べていいんだよ」

ううん、と結真ちゃんは首をふった。散らばった米粒を懸命に箸で拾っている。

「和香奈ちゃん、かわいそう」

私がこの子を庇護《ひご》したのに、逆に同情されている。私に向けられた小さなつむじからは、相変わらず陽だまりの匂いがしている。


冴子がいなくなって四日が経過した。これは蒸発と定義していいのか。冴子は別の現実を紡《つむ》ぎはじめたというのか。

小学校帰りの結真ちゃんと団地で待ち合わせをした。結真ちゃんが持っていた鍵は私が預かっているが、結真ちゃん共々、しかるべき場所に託した方がいいのだろうか。

「結真ちゃん。結真ちゃんのお祖母《ばあ》ちゃんちって、どこ？」

洋服ダンスをあさっている結真ちゃんにたずねた。学習机とドレッサーが同居した部屋は、奇異だがひどく正しく、神聖だった。

「ママの方のお祖母ちゃんは、浦和。元パパの方は、福岡」

浦和なら連れていける。とりあえず連絡すべきだろう。

「そっか」

バッグから携帯電話を取り出す。冴子からは着信はおろかメールもない。私から発信してもスルーだ。

結真ちゃんが、私の足元にしゃがんだ。

「和香奈ちゃん。今日の夜、ハンバーグ食べたい」

絨毯《じゅうたん》に投げ出された下着やハンカチやセーターを山にして、無垢《むく》なつむじが私に言う。

「和香奈ちゃん。ハンバーグって、おうちによってちょっとずつ味が違うんだよ。お祖母ちゃんちの味って、お年寄りの味がして今風じゃないの」

媚《こ》びるような物言いは、子供が自分を守るための術《すべ》だ。不器用にたたまれた洋服を紙袋に詰めていく、小さな手には無駄に力がこもっている。

「和香奈ちゃん。スケッチブックとクレヨンと色鉛筆も持っていっていい？」

執拗《しつよう》に和香奈ちゃんと連呼する。私の外側と内側に切なくて甘い「和香奈ちゃん」が刻印される。

かつて夫が、そうしたように。

「結真ちゃん」

夫の「和香奈ちゃん」はもう飽和している。

「帰りにスーパーによって、挽肉《ひきにく》を買っていこうか」

ドレッサーに並んだ化粧品の瓶は、夕陽に反射してとりどりに輝いている。玄関もキッチンもリビングも、この寝室も、すぐに続きを展開できるほど、そのままだった。

「結真も手伝う」

結真ちゃんの指が私の指にからみつく。わざとらしい可愛《かわい》さをふりまいて、身の置き場を保守している。

こんな小さな子供でさえ、大切な人の不在を全身全霊で受け止め、葛藤《かっとう》しているのだ。

ハンバーグの付け合わせに星形の冷凍ポテト、コーンスープはインスタントだ。赤ワインを使わずケチャップとウスターソースとみりんで作ったハンバーグソース。夫が食べたらなんていうだろう。

夕食後、結真ちゃんはソファに寝転がり、スケッチブックに色鉛筆を走らせている。私はハンバーグを捏《こ》ねただけで疲れてしまい、ぼんやりしている。

「和香奈ちゃん」

うとうとしていた私の頬に、冷たいものがくっついた。

「はい、麦茶」

首を傾げて調子よく微笑《ほほえ》む。結真ちゃんが手にしたグラスに、氷が三つ浮かんでいた。

「おじちゃんは、まだ帰ってこないの？」

「いつも遅いのよ」

「夜は遅くて、朝は早いんだ。うちの元パパと同じだね」

「朝は、私の方が早いよ」

子供相手にむきになってどうするのだ。麦茶を口に含んだら、氷が唇にぶつかった。

「うちの元パパは」

「家庭……、おうちにはね、いろんな形があるの」

氷を噛《か》み砕く。口の中が残酷に冷えてくる。

「知ってる」

結真ちゃんは、スケッチブックを抱きしめた。うさぎのぬいぐるみはソファでふんぞり返っている。

「結真ちゃんは、麦茶飲まないの？」

麦茶より、お酒が飲みたい。いや、それよりも餡子が食べたい。

「コップがないもん」

ぷいと拗《す》ねた。可哀想《かわいそう》ぶるのはかまってほしい欲求の裏返しだ。わかっていても、対等に意地を張ってしまう。生理前だからではない、かりそめの母親なんてこんなものだ。

「わかった。明日、結真ちゃん用のコップを買いにいこう。ね？　もう遅いから、お風呂《ふろ》入って寝よう」

時計は十時を指そうとしている。こっちは三時起床なのだ。眠らないと身体がきつい。

結真ちゃんが、おずおずとスケッチブックを差し出した。

「おじちゃんが帰ってこないと、絵、描けない」

スケッチブックには、冴子、結真ちゃん、そしてまんなかに私、私の隣に夫とおぼしき男が描かれていた。

夫の顔は、のっぺらぼうだった。

結真ちゃんを寝かしつけ、私がベッドに入ったのは十一時だった。まぶたをとじたとほぼ同時に、玄関のドアがあいた。夫はどんなに遅くなっても、うちで食事をする。

胃もたれしそうな献立でもきちんと平らげる。

かすかに聞こえる夫の足音で、夫の体調をはかるのが私の習慣だ。いつもより慎《つつ》ましい時は接待があった証拠。夫は小規模だがＩＴ企業の社長をしている。普段は穏やかな夫だけに、仕事では余計なストレスをためてしまう。

ハンバーグではなく、雑炊やポトフを食べさせたいところだ。しかもハンバーグは子供向けの付け合わせに味つけときた。

けれど夫はうれしそうに笑うだろう。

結真ちゃんが描いたうさぎのイラストと、私の手紙を読んで、充足したように箸をつけるだろう。

私は布団の中で息をひそめる。夫がシャワーをあび、ビールを飲み、ベッドに入るまでに熟睡してしまわなければ。枕元《まくらもと》のティッシュボックスがからではないことを確かめ、目をつむる。

夫の足音が寝室に近づくごとに、私の意識は覚醒《かくせい》していく。威嚇《いかく》するように身体を固くとざす反面、心は夫の熱を求めている。

ベッドサイドに立ち尽くした夫が私を見下ろし、大きな手で私の頬を包む。指が私の首筋をつたう。それだけで心はとろける。

私は、ごくゆるやかな寝息をたてた。自分の鼓動を落ち着かせるように規則的に、今日も満ち足りた一日だったと、夫に思わせるように。

夫の指が、私の耳たぶをつねる。ぎゅうっと心がねじれる。子宮が疼《うず》くのを諫《いさ》めるように、太腿《ふともも》をこすり合わせ、寝返りを打つ。

夫のため息が私の肩でとぐろを巻いた。

毛布をめくり、私を起こさないよう、夫はゆるりと布団にもぐり込む。

私は安堵し、夫がことにおよぶのを背中で感じながら、身体の中でくすぶる熱を抱きしめた。


お互いどんなに寝相が悪くてもこのベッドならケンカにならないよ、とインテリアショップで夫が笑った。キングサイズのベッドがマンションに届くなり、私はトランポリン代わりに遊んだものだ。

「子供みたいだな、和香奈ちゃんは。子供ができたら、どっちが子供だかわかんなくなっちゃうよ」

ひとまわり年上の夫は、咎《とが》めるでもなくただ目を細めた。

正方形のベッドで数ヶ月、上になったり下になったりアクロバティックな行為をしたり、私たちはやりまくった。五十代と四十代の夫婦なのに十代のように新鮮だった。

「またこんな気持ちになるなんて、もう死んでもいいよ」

と息も絶え絶えになりながら夫は言った。夫はバツイチで円満離婚した元妻のところには成人した子供がいた。責任やしがらみはとうに超えていた。

「死んでもいいの？」

私は、なだらかに盛り上がった夫の腹に耳をつけた。生きる源の音と熱が、私の皮膚と一体になった。

死んでもよかった。夫と融合してセルロイドのようにひとつのかたまりになるのだ。

「やっぱり、まだ死ねない。和香奈ちゃんとの子供がほしい」

うん、と私が夫に腕を回すと、じゃあ、やりまくろう、と夫は私を組み敷いた。

愛を煮詰めたスープで、このベッドは湿っている。今も私は、死にそうになりながら横たわっている。

手の中で三時を告げるアラームがなり、夫と私の一日が、別々にひとり歩きする。

夫の背中に私のぬくもりを押しつけ、そっとベッドを抜け出す。あるいは、夫も寝たふりをしているのかもしれない。

やさしさをなすり合うのは、時に気狂いするほど憐《あわ》れだ。

冴子と違い、切羽詰まって働く理由が私にはない。ましてや早朝のパートなど、選ぶ道理がないのだ。すれ違いの生活を偽装した私に夫は、いいよ、とこたえた。笑い顔は柔和で、くたびれていた。

夜とも朝ともつかない時間に家を出るたび、本当に家出をしてしまいたくなる。冒険したくなる。果敢に不妊治療に挑む私、もしくは夫から出奔してふりだしに戻る私、どちらもあまりにも現実味がなくて、冒険後に新たな現実として繫《つな》いでいけるか疑問なのだ。

店長や冴子の勇気を私は軽蔑《けいべつ》し、称賛している。

秋から冬に景色は移り変わり、夜明けはまだやってこない。

「おはようございまぁす」

今日も大げさに挨拶《あいさつ》をし、自分の足場を確保する。

子供ができにくい体質だと知った時、殊更《ことさら》にこわかったのが、必要とされなくなることだった。

不妊治療をしてみる？　と勧めてくれた夫だったが、すでに私は四十歳を過ぎている。

不妊治療の先に何があるのか。約束されたからっぽの日々なら、このままでいい。

「すいません。焼き団子お願いします」

顔を上げると、金髪の男がいた。

「あ、はい」

笑顔を貼《は》りつけて、焼き立てのお団子を一本差し出す。

「あの、今日は二本、持ち帰りで」

金髪の男がもどかしそうに、コートのポケットを探った。朝陽が金髪を艶《なま》めかしく彩《いろど》る。

「お持ち帰りで、二本ですね」

笑顔が剝《は》がれそうになるのを食い止め、プラスチックのパックにお団子を二本詰めた。

「ここの団子、おいしいんで」

照れくさそうに頭をかく。やさぐれたなりのくせに、随分と素直だ。

小銭を受け取るさい、男の指がわずかにふれた。

男が一礼して去って行く。

あの人も、誰かの大切な一本なのだ。

帰宅すると、ダイニングテーブルに真新しいコップとマグカップがあった。絵柄はミッフィーだ。

「どうしたの、これ」

思わずつぶやくと、客間から結真ちゃんが走ってきた。

「あのね、おじちゃんがくれたの」

結真ちゃんが着ているトレーナーも、ミッフィーだった。

「それも？」

「うん」

「おじちゃんとお話したの？」

夫は、結真ちゃんの寝顔しか知らないはずだった。

「うん。今朝、おトイレでばったり会って、それで……」

トレーナーのサイズは、あつらえたようにぴったりだった。

「会わない方がよかったの？」

私は、鬼のような形相をしているのだろう。

「会っちゃいけなかったの？」

結真ちゃんがうつむき、トレーナーの裾《すそ》をつかむ。無垢なつむじに、夫は顎《あご》をのせたりしただろうか。

「……朝ごはんにしよう」

片手でナイロン袋を掲げ、片手で結真ちゃんのつむじをおおった。

「朝ごはん、なに？」

「鶏牛蒡《とりごぼう》のおにぎりと、おはぎ」

「わあい」

棒読みの「わあい」と、儀礼的な笑顔。

「結真ちゃんはパンの方が好きなんだよね。ごめんね。パン、買ってくるね」

いたたまれずに、踵《きびす》を返す。

「ごはん食べたい」

私からナイロン袋を奪い、素早くダイニングルームまで駆けていく。瞬《また》く間に戻り、
ミッフィーのトレーナーを脱ぎ捨てた。

床でひしゃげた、ミッフィーの顔。

「和香奈ちゃん。朝ごはん食べよう」

冴子はどうして、こんな子を放って冒険なんかしたのだろう。

トレーナーを拾い、ほこりをはらった。

シャワーもあびずにうなだれていると、結真ちゃんが朝食の支度をしてくれた。大皿におにぎりとおはぎをのせ、取り皿を用意し、冷たいお茶をグラスにそそぐ。

「ミッフィーのトレーナー、着ていいんだよ」

うつむいたまま、首を横に振る。

「ミッフィーのコップ、使っていいんだよ。好きなんでしょう？」

無言で、ちまちまとおにぎりを咀嚼する。

「おはぎ、食べていいんだよ」

鶏牛蒡のおにぎりも油を使用しているから、ごはん粒が散乱してしまう。結真ちゃんは無言で、テーブルにこぼれたごはん粒をつまんで皿に戻している。

私は手づかみで、おはぎを頬張った。指が餡子《あんこ》にめり込み、もち米が喉に詰まる。咽《む》せそうになりながらも、次から次へおはぎを食べた。こし餡に胡麻《ごま》餡、きなこ餡。密度の濃い甘さが私を満たしてくれるように、からっぽの子宮を埋めてくれるように。

ショーツが生ぬるくあたたまり、苦さが、私の脳天を突き刺した。

テーブルに放置されたミッフィーのトレーナーが、ひしゃげている。

「……ごめんなさい」

結真ちゃんが、目に涙をためていた。

「ごめんなさい」

何をあやまっているのだろう、この子は。

嗚咽《おえつ》をこらえるように、ひたすらおにぎりを咀嚼する。目を見開いたまま涙をあふれさせようとはせず、淡々と謝罪した。

「ごめんなさい」

リビングのソファで、うさぎのぬいぐるみがうつ伏せに倒れている。放り出された屍《しかばね》のように。

私はかたく絞った布巾《ふきん》で、結真ちゃんの手をていねいに拭《ぬぐ》った。結真ちゃんは唇を真一文字に結び、されるがままになっていた。

子宮から血液がしたたり落ちる。身体中から搾取《さくしゅ》した涙が赤く染まり、人肌の温かさを持って私を落胆させる。

食べ散らかしたおはぎの残骸《ざんがい》を、ゴミ箱に捨てた。

結真ちゃんが、不安気に私を見上げる。夫が買い与えたミッフィーの食器が、萎縮《いしゅく》している。

私は精一杯の笑顔をつくり、言った。

「……今日のお夕飯、何が食べたい？」

ベッドの下で転がるティッシュペーパーを発見するたび、私は心やすらかになる。五十代の平均サイクルはわからないけれど、夫はたぶん浮気していない。さらに夫は、現役をアピールしている。

いつでも続きを展開できるんだという、私に対しての自己主張に思えるのだ。私の中に排出されるはずだった子種、しかし私の中はただ漏れ状態だ。

今日も冴子から連絡はない。

夕食に、結真ちゃんはオムライスを希望した。結真ちゃんに食物アレルギーはないのか、メールをしたもののなしのつぶてだ。

陽が傾いたので、スーパーに買い物に出た。ブロッコリー、にんじん、グリーンピース、卵。お菓子売り場に立ちより、アニメのキャラクターがプリントされた小箱を振ってみた。おまけつきなのか、鈴のような音がした。

ちりちりと、胸をくすぐる。

小箱をカゴに入れ、レジを済ませた。

スーパーの出入口に設置された自動販売機で煙草《たばこ》とライターを買い、吸いながら歩いた。表通りではなく寂れた裏通りを行く。安っぽいラブホテルが建ち並んでいる。

こんなところで歩き煙草なんて馬鹿《ばか》な不良みたいだ、と内側で笑う。外側を馬鹿で取り繕うことで、内側をケアしているのだ。ナイロン袋には平和な食材。私は煙草をアスファルトに投げつけた。

細く頼りない煙が夕闇《ゆうやみ》にまぎれていく。

降りてきた夜に誘われるように、ラブホテル街に人が行き来する。灯《とも》りはじめた街灯の下、見覚えのある顔が照らし出された。

冴子と店長だった。

ふたりともやつれていた。疲労と淫靡《いんび》は時に同居するけれど、そこには生気を失った空虚さしかなかった。

冴子は化粧をしていなかった。

ミッフィーのマグカップを野菜スープで満たし、結真ちゃんに差し出した。チキンライスに薄焼き卵をのせただけのオムライスを、結真ちゃんは不器用な手つきでかきこんでいる。

大人用のイスと身長が合っていないのだ。だからあちこちにごはん粒を飛ばしてしまう。

「結真ちゃん、ちょっとだけ立って」

イスにクッションをもぐり込ませると、結真ちゃんの上半身が安定した。

「和香奈ちゃん、ありがとう」

子供がいるだけで、こんなにも空気がまろやかになるものなのか。

夫と私のオムライスは、満月みたいにまんまるで、あきれるくらいのどかだった。

「あのね、和香奈ちゃん」

私はケチャップをつかんだ。

「来月、学校でクリスマス会やるの」

自分の分のオムライスに、ケチャップをぬりつけた。

「おはながみっていう、ティッシュみたいな紙で、お花をたくさん作るんだよ」

まぶしい黄色を踏みにじるように、乱暴にケチャップで染め上げた。

「……和香奈ちゃん？」

また、結真ちゃんが怯《おび》えている。

「私も、昔、作ったよ。紙のお花」

赤いかたまりになったオムライスを見下ろす。スプーンを突き刺し、チキンライスと一緒くたにする。

どこまでいっても、赤だ。どろどろで能無しの赤。

「……和香奈ちゃん……？」

結真ちゃんの皿は、米粒ひとつ残っていなかった。私に向けられるまなざしはいつも切なく、必死だ。

「……ごめん」

泣きたくても、目の前に子供がいるから笑ってしまう。他人の子だとしても、子供だという理由だけで、私はつい、笑ってしまう。

「ごめんね、何でもない」

頬が引きつるのを隠せないまま笑い、結真ちゃんのつむじに手を伸ばす。雨でも曇りでも、夜でも、陽だまりの匂《にお》いがするつむじ。冴子が生んだ命が、私をあたたかくし、冷たくもする。

化粧気のない冴子は、かげろうのようだった。

下腹の鈍痛を追いやるように、お団子屋で働く。店長、いや元店長と冴子は解雇ということになっている。五十代のパートふたりは、蒸発から駆け落ちに話題を変換させた。

くだらない、と鼻で笑い、おにぎりを数種類、折詰にした。

「お疲れ様でしたぁ」

お疲れ様ではなくご愁傷様と言いたい。冴子は今、冒険と現実の狭間《はざま》でさまよっているのだろうか。

マンションに帰ると結真ちゃんが迎えてくれる。うさぎのぬいぐるみはソファが定位置になった。

「和香奈ちゃん、おかえりなさい」

髪をとかし、着替えも済ませている。けれどミッフィーのトレーナーは封印したままだ。

「今日は茶巾おにぎりと焼きおにぎりだよ」

「わあい」

万歳してキッチンに駆けていく。エアコンも加湿器も過不足なく設定され、食器も用意してある。私がシャワーをあびる間に、すべての支度を整えてくれるだろう。

ガウンをはおり、洗い髪をタオルで拭《ふ》いていたら、玄関のチャイムが鳴った。

私には予感があった。ドアモニターを確認する。冴子だった。ドアロックを解除し、タオルをかぶったまま玄関で待つ。接近してくる足音が止まると、即座にドアをあけた。

冴子の顔は空洞だった。生というものがまるでなかった。

「ごはん食べる？」

だから、私はそう言った。ぼさぼさの髪で、色気のないサニタリーショーツで、けれどまだ私の方が生きていた。

かすかにうなずいた冴子の目に、光が宿った。振り向くと、結真ちゃんがキッチンから顔を出していた。結真ちゃんの顔がたちまちこわばり、火がついたように突進した。私を押しのけ、冴子に飛びつく。

結真ちゃんのあまりの力に、私はよろけた。足元から崩れそうになるのを、壁にもたれてなんとか持ちこたえる。

冴子の身体《からだ》に両手を回す、結真ちゃんの肩がふるえていた。

「……ごめんね」

結真ちゃんのつむじを撫でる、冴子の手もふるえていた。

母子がセットになると、私は邪魔者でしかない。たとえここが、私の家でも。

「あがって」

冴子が母の顔を覚醒させ、いくらか血の気が戻ったところで私は言った。

「ごはんにしよう」

結真ちゃんは、もう私にまとわりつきはしない。結真ちゃんの確固たる居場所は冴子なのだ。足場のぐらつきを抑えるべく、私にへつらう必要もない。

取り皿とグラスと箸を一揃《ひとそろ》え追加し、私はぞんざいにおにぎりをつかんだ。私に続き結真ちゃんがおずおずと手にし、冴子は肩をすくめ眉間《みけん》にしわをよせていた。

私はガウンがはだけるのもかまわずに、イスに足をのせた。行儀の悪さと沈黙は、私のささやかな抵抗だった。

「……できてるわけじゃないのよ」

冴子が乾いた唇で、つまらないことを言った。

「店長と私、ラブホテルには行ったけど、確かにたくさんセックスしたけど、あの日は違ったのよ」

結真ちゃんがいる前で堂々とセックスしたと公言した。私はリビングのソファで大の字になる、うさぎのぬいぐるみを見つめた。あんな風に股《また》をひらいたというのか。

「あの日」

「あの日っていつのあの日よ。冴子がいなくなった日？　昨日、冴子がラブホ街にいた日？」

「知ってたの？」

「たまたま見たのよ」

冴子の顔が歪《ゆが》む。恥ずかしさと悔しさが綯《な》い交《ま》ぜになっている。

「私がいなくなった日、その夜に、偶然店長に会ったの。全身からさみしさが迸《ほとばし》っていて、つい」

「ついたくさんセックスしたんだ」

「そうじゃないわ」

「じゃあなに」

「結真、学校に行く時間でしょう」

冴子が結真ちゃんを叱咤《しった》した。とばっちりを受ける方もたまったものではない。

私は笑って言った。

「今日は日曜日だよ」

「和香奈。ご主人は？」

人のご主人の心配もないだろう。

「仕事。結真ちゃん、ちょっとリビングに行っててくれる？」

ただならぬ雰囲気を察知し、結真ちゃんは席をはずした。

「で、ついたくさんセックスしたんだ」

「さみしそうだったんだもの」

「さみしそうだからって、くっついていくかな。子供を何日も放っておいて、セックス三昧《ざんまい》？　それでも母親なの」

冴子がお茶を一気に飲み干し、冷やかに微笑んだ。

「母親じゃない女に限って、偉そうにそういうこと言うのよね」

私は頭にかぶっていたタオルを冴子にぶつけた。呼吸が荒くなっていた。

「……悪かったわ。でもね、どんな母親だって、母親じゃない自分を夢見るのよ。数パーセントでも、一年に数日でも、逃げたいって思うのよ」

「冒険したいって思うの？」

冴子はタオルをぎゅっと握りしめ、ダイニングテーブルに流れたグラスの水滴を拭いた。

「男がほしかったのよ。店長も女がほしかった。それだけ」

私は食べたくもないおにぎりを頬張った。焼きおにぎりの焦《こ》げて固くなった米粒が、喉をひっかき落下していく。

「最後の日、ラブホテルでお金をもらったわ。口止め料よ。それで奥さんの元に帰った」

「ばかばかしいね」

「そうね」

冴子がおにぎりに手をのばし、大口をあけて豪快に食べた。軌道修正した現実を噛みしめるように。

「結真のことは、和香奈がなんとかしてくれると思った」

「なんでよ」

「和香奈、子供がほしくてほしくてしかたがないって顔してたから」

慈悲深く私を見据える。丸裸にされたようで、たまらず私は膝《ひざ》を抱えた。爪《つめ》が皮膚を突き刺す。

「和香奈ちゃん」

いつの間にか、結真ちゃんがそばにきていた。

「和香奈ちゃんが作ったお花、見つけたよ」

透明の家庭用ゴミ袋をかかげ、冴子に向かって得意気に言う。

「ママ。今度クリスマス会でね、おはながみでお花を作るんだよ。和香奈ちゃんちにもいっぱいお花があった」

私は顔面が蒼白《そうはく》になるのを感じていた。結真ちゃんが無邪気にビニール袋を揺らしている。ビニール袋の中のものも元気よく跳ねている。くしゃりと丸まったティッシュペーパーが、生まれたいと暴れている。結真ちゃんがビニール袋を逆さにした。床に夫の子種達がぶちまけられた。いくつもいくつも。

「これ、変なにおいがする」

育つ前に腐敗した命の、むっとした臭気に結真ちゃんが鼻を押さえた。冴子が結真ちゃんの背に手を添え、リビングに連れていく。

私はからになっていた大皿を、取り皿をグラスを箸を、次々に床に叩《たた》きつけた。ガラスが砕け散る音が、私を内側から外側から傷つけた。

肩が激しく上下する。

私は泣いていた。

頬に熱い液体が流れる。押しとどめていたエネルギーみたいにあふれてくる。夫の精液も、このくらいの温度だった。私の中に幾度も吐き出され、そして私が破棄した。役立たずで能無しの私が、赤く染めて亡《な》きものにした。

冴子が私の顔を、タオルでやわらかく拭った。

「……捨てられなかったんだもの」

冴子からタオルを奪い、自分の顔をぐしゃぐしゃにこする。

「私の中で生きるはずだったんだもの」

結真ちゃんがうさぎのぬいぐるみを抱いている。守護するように、あるいは身をゆだねるように。対になるものはそうしなければならないのに、私はどちらもせずに、孤立無援になろうとした。

冴子が私の前に屈《かが》み、食器の破片を収集した。

「おかしくなんかないわよ」

結真ちゃんが恐々《こわごわ》近づき、片付けを手伝った。

「みんなどこかおかしいんだから、おかしくなんかないわ」

紙袋か何かある？　と冴子がごくあたりまえに尋ねた。私は戸棚から使い古しの紙袋を出し、冴子に渡す。なおも手伝おうとする結真ちゃんを制し、冴子は食器の破片を紙袋に詰め、キッチンのすみにあった粘着テープで粉砕したガラスを処理した。

一連の作業はすばらしく淡々としていて、冒険の後遺症は微塵《みじん》もなかった。

冴子は結真ちゃんと共に、団地で現実の続きを展開させるのだ。数日の冒険なんか、まるでなかったという風に。

「これ、どうする？」

床にはティッシュペーパーだけが点在していた。私は無言でそれらを回収し、ビニール袋に戻した。

「……燃やすわ」

ビニール袋を、ぎゅっと結ぶ。

「和香奈」

冴子が真顔で言った。

「動かないで逃げてばかりいるのも、地獄よ」

乾きかけた髪が、涙でべたついた頰に貼りつく。結真ちゃんまでが私に、同情のまなざしを向ける。

「結真、帰ろうか」

同じ角度に首を傾《かし》げる、母と子。まぶしくて、もう涙も出ない。

結真ちゃんが、頭を下げた。

「和香奈さん、ありがとうございました」

お団子屋のパートは私の体内サイクルに根づいてしまい、すぐには辞められそうにない。冴子が抜けた穴もまだ埋められず、主婦パート三人で切り盛りする朝の調理場は殺気立っているほどだ。

元店長が元の鞘《さや》に収まった話は瞬く間に広まった。噂《うわさ》だが地方に引っ越すらしい。冴子は水商売に鞍替《くらが》えしたとか、こちらもいい加減な噂がはびこっているが、私だけは事実を知っている。

冴子はまっとうなパートを掛け持ちして頑張っている。スクールにも通い、勉強も怠らない。

仲が良いのか悪いのか、冴子との友情はのっぴきならない感じだ。私達は、お互いの弱みを笑い飛ばすくらい強くはなった。

真っ白のお団子にタレをつけて焼いていく。常連客も変わることなく、日々はとどこおりなく過ぎていく。

「すいません、焼き団子一本いただけますか」

黒いコートに身体を包んだ、金髪の男がいた。

「おはようございます。寒いですね」

焼きたてのお団子を二本、プラスチックの容器に詰めようとした。

「あ、今日は一本で。すぐ食べます」

所在無げに、消え入りそうに笑った。

「……はい」

北風が店内に吹き込んできた。十二月の朝陽はまだどこかで待機していて、夜は名残惜しげに居着いている。

薄紙に挟んだ焼き団子を手渡すと、金髪の男は誰にともなく言った。

「好きな人が、死んでしまって」

好きな人が死んでしまった現実を冗談にするように笑う男に、私は焼き団子をもう一本差し出した。

「その人に、どうぞ」

男は、なおもおかしいというように笑った。

「いらないです。だって、死んだんですよ」

炭火の爆《は》ぜる音が、手元で響いていた。

夜とも朝ともつかない時間に、冒険を夢見ることを私はやめてしまった。いずれにしても動かず堂々巡りならば、地獄に過ぎないからだ。

パートが終わるころに、朝陽がやってくる。

くたくたに疲れた足で自転車をこぐ。数分走って止め、重い尻《しり》をおろす。
まぶたに陽をあび、トートバッグの中の携帯電話を握りしめる。
夫の番号を表示させ、初めてのデートの時のように、胸を高揚させて待った。
夫が出ると、一気に言った。
「今夜、一緒にごはん食べない？」
夫の、寝ぼけてくぐもった、けれど明るい声が聞こえた。

月影の背中

由紀乃《ゆきの》が生まれた年に建てられた由紀乃荘は、由紀乃と同じに年を取り、今年で二十二歳になる。

地元の名士である祖父が初孫誕生の記念に名づけてしまったアパートと、抜き差しならない関係になってしまったのは、対になった名前の呪《のろ》いだろうか。

「で、あんたがその由紀乃ってわけかい？」

後部座席で老婦人が尋ねた。

「ええ」

声だけで微笑《ほほえ》むと、私はバックミラーで素早く老婦人を観察する。

きりりと結い上げられた白髪と藤色《ふじいろ》の着物、帯留めは淡いピンクだ。珊瑚《さんご》だろうか。正しいお金持ちの香りがする。うちみたいな。

『陽向《ひなた》タクシー』は祖父が持つ会社のひとつだ。私が運転手として就職したいと言い出したのは、単に暇だったからと、ここが好きだったからだ。ということはつまり、私が過ごした二十二年分のテリトリーだ。

就職については祖父を筆頭に父や母が反対した。主婦であり、陽向家の一人娘である私が運転手になるなんて体裁が悪い、というのが合致した理由だった。ただひとり夫だけが、おずおずと賛成した。「ミス交通安全が運転手なんて、安全運転のアピールになるのでは」というのが表向きの意見で、後で私に「時々家でも運転手の制服を着てね」と耳打ちした。

老婦人が扇子で顔をあおいでいる。

「クーラーつけましょうか」

「陽向さんのお孫さんの、由紀乃さんね」

私の問いにはこたえずに、老婦人がつぶやいた。社名が『陽向タクシー』で運転手の名字が『陽向』だと地元の人々はたいてい「もしかしてあの陽向さん？」と話しかけ、自然と身の上話に展開するのだ。

「はい」

住宅街を走り抜ける。ぽつぽつと窓に明かりが灯《とも》り、垣根をうっすらと照らす。

この街には歴史的建造物が点在していて、小道が多く、しかも一方通行だ。道路を拡張することもできず、他所《よそ》から来た人は運転を嫌がる。『陽向タクシー』はとりわけ地理を熟知しているので、重宝された。

「由紀乃さんはミス交通安全かい。私も昔はミスなんとかとか、外国の映画女優に似てるとか言われたもんだよ」

「おきれいですものね」

「若い子に言われたくはないね。あんたは正真正銘のミス交通安全なんだし」

「元ミス交通安全ですよ。三年も前のことですし、今はミセスです」

もうすぐ緑ヶ丘噴水公園だ。生い茂る木々の間に一本だけあるガス灯は孤高なる佇《たたず》まいで、暮れゆく空をひときわ彩《いろど》る。

ここに来るたび、思い出す。

黄昏時《たそがれどき》。よくここでデートした。手をつなぎ、あてどなく歩いた。

何度も何度も、反芻《はんすう》してしまうのに、いつでも新鮮なのだ。自分がこわれているのではないかと危ぶむほどに。

「そうだったね、あんた、結婚してるんだったね」

「はい」

公園をぐるぐる歩くだけのデートだった。噴水の水しぶきが淡い赤になるのを眺め、桜並木の下の澄んだ空気を吸い、閑散としたベンチを横目に、また噴水に戻る。その頃にはもう、水滴も波紋も夜の色になっている。月や星がきらめき、辺りは影絵のようにしんとなる。ガス灯の光は、私達をやわらかく包み込んでくれたけれど、同時に、足元を丸くくりぬいた。まるで落とし穴のように。

私は、昼と夜の狭間《はざま》に草汰《そうた》君の金髪が浮き彫りになるのが好きだった。逢魔《おうま》が時《とき》は人をおかしくさせると言うけれど、私達はちっともおかしくはなかった。

草汰君は、地面に描かれた丸に収まるように、私をそっと抱きよせた。力のない腕と熱い手のひらは、私に星の性質を彷彿《ほうふつ》させた。

肉眼で見える赤茶けた星は膨張した低温の星で、青く静かな星ほど、質量が大きく高温だということを。

「ミスといえば」老婦人が言った。

「私の一番のミスは、結婚したことだね」

思わず私は笑った。失礼だと思ったけれど遅かった。こぼれるように笑ってしまった。老婦人は気にする風もなく、さらりと言った。

「三回も結婚してしまった。道に外れたこともした」

バックミラーの中で、老婦人と目が合った。思惑がからみあった一瞬だった。

「由紀乃さんは箱入りだろう？　道に外れたことなんかしないだろう？」

駅前の交差点に差しかかる。のんびりした街でも、駅前は常に人だかりができ渋滞も起こる。

「ミス交通安全だってミスはしますし、箱のふたは、開いてしまうものです」

「この辺でいいよ」

老婦人が、扇子を帯に挟む。

「もう、ひとりで行けるから」

私は車を路肩によせる。確かに私は安全運転だ。勿論《もちろん》、突飛なことはしない。

「暑いですね」

雑多な人が入り乱れる。見ているところまでが窒息しそうになる。

「そんな気がするだけだろう」

駅から見て右側の角に電信柱がある。時折、花束が置いてあったりする。括《くく》りつけられたみすぼらしい牛乳瓶に、白い紫陽花《あじさい》が一輪挿してあった。

「夏になると思うから、つい扇子であおいじまう」

「季節の変わり目って、曖昧《あいまい》ですものね」

「年を取ると、生きるのも死ぬのも、曖昧になってしまうのかね」

「人生を、まっとうされましたか？」

「まずまずってとこだね。年を取って終えるというのが、必ずしも美徳じゃないだろうし」

私は後ろを向いて、老婦人に向かって肩をすくめて見せた。

「でも若いと、男がいるってだけで、つい、セックスしてしまいますよ」

「生きている証拠だね」

「そうでしょうか」

「生きている間は、私もせっせと励んだよ」

老婦人は悠然と微笑み、人混みに消えた。

幼稚園から短大まで争いを知らずぬるい環境にいた私が、コンテストというものに出場したのは両親の策略だった。十九歳だった。地域で毎年開催される『ミス交通安全』コンテストだ。観光協会と警察が主催する歴史も由緒《ゆいしょ》もあるイベントで、グランプリを獲得すると「箔《はく》がつく」のだった。

引きずられるように出場した私がトップに君臨してしまったのは、祖父の陰謀に違いなかった。白いビキニに警察帽という奇妙な格好で、巨大なトロフィーを持たされた私は、ミスコンマニアという男性を初めて目の当《ま》たり《あ》にした。ステージ上の私を食い入るように見つめる夥《おびただ》しい目は、決して安全運転をしそうではなかった。

私は一年間、短大に通いながら様々な催しに参加させられた。『ミス交通安全』という襷《たすき》をかけて女性警官の格好をした。特産品のPRに駆り出されたり、ローカル番組出演やCM撮影もあった。ひきつり笑いを浮かべる私をしっとりと見守る視線に気づいたのは、半年が経過した頃だろうか。山際智司《やまぎわさとし》は私がいるところに常にいた。マイクスタンドや踏み台といった備品のごとく、あたりまえだからこそ存在感が皆無で、罪もなかった。隙《すき》あらば触ろうとする輩《やから》とは一線を画していて、無味無臭さはかえって異様だった。

一度だけ、手紙をもらった。警察の一日署長を務めた時だった。スーツ姿の山際智司は女性警官姿の私を潤《うる》んだ目で見つめ、手紙を置いて去っていった。私は開封せずに両親に託した。履歴書と職務経歴書と自己紹介が認《したた》められていた。両親はそれら一式を祖父に託した。

結果として、山際智司は婿《むこ》養子になった。

山際家は陽向家にこそ劣るが旧家で、智司は次男だった。地元の信用金庫に勤務しており、ファイナンシャルプランナーや宅地建物取引士の資格を保持していた。年齢も二十七歳で申し分なかった。

「ビルや土地の管理も任せられる」

祖父が言った。山際さんちはよく知っているから、とも。

「女は望まれてこそしあわせになれるのよ」

母が言った。母はやはり一人娘で、父は婿養子だった。無論、祖父が決めたのだ。

父はただ笑っていた。どこも見ていなかった。

母は父しか知らないのだろう、とふと思った。道しるべに従って進むしあわせはぬるくて心地がいい。うっかり脇道《わきみち》に逸《そ》れたら、芥子《けし》の花があってまやかしにやられてしまうかもしれない。母の遺伝子を継いでいるのなら、私は抵抗しない。しあわせを引き継ぐ者として。

一年後、山際智司は夫となった。

新婚旅行先のハワイで、私達は規則正しく並んで眠った。帰国する飛行機の中で、夫はぽつりと、緊張しててだめになった、と言った。

両親と祖父が住む旧宅の隣に、私達の新居があった。

ハワイで夫が買ってくれたムームーに袖《そで》を通すと、夫はすぐに写真を撮った。可愛《かわい》いね、よく似合うね、でも女性警官が一番いいよ。ばかみたいにシャッターを切り、私をベッドに押し倒した。

「初めてなんだ」

と夫は言った。私も、と言おうとした唇が涎《よだれ》でべたべたの口で塞《ふさ》がれた。むきだしになった私の胸を夫は突《つつ》いたり摘《つま》んだり息を吹きかけたり舐《な》めたりした。実験動物のように扱いながらも、目だけが爛々《らんらん》としていた。私は、自分の身体《からだ》の隅々がへこんだり曲がったり湿ったりするのを、脳味噌《のうみそ》のどこか遠いところで傍観していた。夫の呼吸が荒いのや執拗《しつよう》な指使いを、私は私として感じていなかった。夫が私の身体にマーキングしていく度に、私はどこか遠いところに追いやられた。夫がズボンを足に引っかけたまま蛍光灯を消しスタンドライトをつけ、私を組み敷いてぜえぜえ言いながら局部を局部に押し当てると、私の声が勝手に「あ」と叫んだ。痛いとか媚《こ》びるとかではなかった。反射的に出たものだった。

「しゃべらないで」

夫が懇願した。

「お願いだから、しゃべらないで」

黙っててくれ、と夫は言った。口が閉じると下半身も閉じそうになったが、夫のそれが抉《こ》じ開けた。唇を固く結ぶと、思考も凍結した。私は完全に追いやられ、由紀乃という入れ物は夫という汁で満たされた。穴からは白い液体が漏れていた。

「じゃあ、ずーっと無言でやってるってわけ？」

後部座席で若い女性が頓狂《とんきょう》に言った。

「ええ」

遠慮のなさに苦笑しながら、私はバックミラーで素早く女性を観察する。襟ぐりの大きく開いたブラウスにミニのタイトスカート。濃いお化粧と巻き髪。この時間は出勤前のキャバ嬢ともよく遭遇する。運転手が同年代の女性だとわかると、あけすけにしゃべるのだ。

「でもその方がラクかもね。あーだこーだ要求されるのも大変よ。咥《くわ》えろとか挟めとか」

コンパクトを覗《のぞ》き込み、パウダーをはたいている。

「無言だから、時間が長いのか短いのかも、よくわからなかったです」

夫は普段から饒舌《じょうぜつ》ではなかったが、その分いっぱい溜《た》め込んでいるようで、夜、私に垂れ流した。元気でなによりだった。

「運転手さん、若いじゃん。他で遊ぼうとは思わなかったの？　モテそうだし」

「同級生で、遊んでいる人はいましたね」

事実、短大には似たような境遇の子が何人もいて、卒業と同時に婚約結婚に至るのはめずらしくなかった。苗字《みょうじ》が変わると本領発揮といわんばかりに、遊び出す子も数人いた。

「でしょ。若さは使わなきゃ」

「良心は咎《とが》めないのでしょうか。男の人で遊ぶなんて」

「りょうしん、て。何？」

心底不思議そうに聞き返した。

良心。何だろう。私は首を傾《かし》げた。

後部座席の女性は、腕を組んで住宅街を眺めている。けだるそうな横顔。

「ねえ、この先、緑ヶ丘噴水公園よね」

声に影がさした、気がした。

「ええ」

私は、それとわからないように減速する。

「もっと先に、屋敷みたいなのがあるよね」

「ええ」

「大きな屋敷だった。しあわせの象徴みたいに思えた」

しあわせの象徴。私は、ただ笑った。どこも見ずに、笑顔の雛形《ひながた》をただ貼《は》り付けた。

「屋敷の先だったかな。二階建てのアパートがあるよね」

バックミラーをちらりとうかがうと、女性は片手で下腹をさすっていた。

「昔、私あのアパートに住んでいたわ。何て名前のアパートだったかな」

女性はひとりごとのようにつぶやき、虚《うつ》ろに車窓を眺めている。


由紀乃荘は二階建ての長屋風アパートで、部屋数は十戸、間取りは2Kだった。独身の男性が主で、稀《まれ》に若い家族連れも入居した。

由紀乃荘の前に大家すなわち祖父と両親が住む旧宅があり、私の新居も敷地内にあった。

私は、私と同じに年を取る由紀乃荘を分身のように見つめていた。ひとりが、あるいは家族が、おのおのしあわせを育《はぐく》むようにとぼんやり願っていた。

結婚後さらに暇になった私は、母に代わって留守番したり接客の手伝いをしていた。

太陽が勇ましい昼下がりに、旧宅の居間で扇風機をかけたまま、うたたねしていた。玄関のチャイムが数回鳴ったところで、私以外誰もいないことを思い出した。

「すいません」

玄関先から男の声がした。

「どちらさまでしょうか」

ぼさぼさの髪で、てろんとしたノースリーブのワンピースで、畳の跡がついているかもしれない頬で、玄関の引き戸を開けた。

金髪の若い男が立っていた。

天国の色だ、と思った。

長めの前髪からのぞく大きな目は暗さと、底のなさそうな強さがあった。天国の色を持ちながら、暗くて強そうで、でも細い。黒いTシャツも色の抜けたジーンズも、やさぐれた雰囲気なのに、どこか潔《いさぎよ》くて清い。バランスの悪さに、息苦しくなる。

「すいません、先月分の家賃です。いつも遅れてしまって、すいません」

男は、茶封筒を私に差し出した。指と指がふれた。みなしご同士の指が出会ったようだった。どきどきしたとか緊張したとかではない、つないだ方が自然だよね、というじらしい感動だった。

どうして、私の図々《ずうずう》しい思い込みだとは思わなかったのだろう。

指先が共鳴したと、信じて疑わなかったのだろう。

「いいえ、毎度どうも」

髪を整えながら私は言った。整えた手で頬を確認した。畳の跡はついていなかった。

「では、これで」

お辞儀をする前に、彼は私を見つめた。二秒、五秒？　違う、悠久の一瞬だ。人生全部に匹敵するくらいの。

世の中に、こういう瞬間はたくさんあるのだろう。話してしまえば言葉にしてしまえば、色褪《いろあ》せてしまう。どの年代の女も、こういう瞬間をていねいにつないで、自分だけの心のネックレスにしていく。星座の連なりよりも美しいネックレスだ。

肌や産毛《うぶげ》がふれあいを求めている。くっつきたくて絡《から》み合いたくて、視線の合致すらまどろっこしいと、心の奥が疼《うず》く。

茶封筒の裏には、一〇一号室、辻《つじ》草汰と記してあった。

出会いというのは、何でもない日常の亀裂《きれつ》だ。けれど泥の川から砂金をすくい出すような、奇跡としかいいようのないものが、一生に何度めぐってくるだろうか。

大家の娘という立場を、私は最大限に利用した。おかずを作りすぎたとか、もっともらしいいいわけをして、幾度となく草汰君を訪ねた。朝の五時前におかずを作りすぎる女がいかにわざとらしいかを私は知らなかったし、バンド活動やバイトで早朝か深夜しか草汰君は在宅していなかった。

「ありがとう、いつもすいません」

大家の娘だから邪険に扱えないという困りようと、大家の娘だけど惹《ひ》かれてしまうという戸惑いが綯《な》い交《ま》ぜになって、草汰君はふやけたような、悲しい顔をした。

「鰯《いわし》をたくさんもらったので、梅しそ巻きにしました」

鰯をたくさんもらうなんて浅はかな嘘《うそ》だし、梅しそ巻きが女くさくいやらしい小道具などとは知らなかった。

結婚していたくせに、恋に関するすべてに無知だった。

私より恋に長《た》けていた草汰君に、私の頑張りはさぞかし幼稚で痛ましかっただろう。いろんなおかずを作るから、食卓も華やいだ。夫は賞賛し私は有頂天になった。良心の呵責《かしゃく》という言葉は、まるで浮かんでこなかった。

「ありがとう、もっと頑張るね」

ぬけぬけと私は言ったのだ。勘違いした夫は、夜、ますます励んだ。相変わらず無言を要求し、ただ漏れみたいに放出した。

間違わないでほしい。夫はいい人だった。給料は全額渡してくれたし、ギャンブル癖も借金も浮気もなく、絵空事のような真面目《まじめ》さだった。結婚して初めての夏休みだからお互いの両親と旅行しようか、などと提案してくれた。そんな話をした夜、寝苦しさに目を醒《さ》ますと、隣にいるはずの夫がいなかった。書斎に明かりがついていた。

夫は椅子《いす》に座り引き出しから何やら取り出した。アニメのキャラクターみたいなフィギュアだった。女性警官の格好をしていた。夫の片手は下半身を弄《いじ》っていた。フィギュアは無言だった。

私はそのままキッチンに直行し、一気におかずを作った。南瓜《かぼちゃ》とレーズンのサラダ、ゴーヤの肉詰め、茄子《なす》の揚げ浸しといったあざとい家庭料理を携え、由紀乃荘一〇一号室に向かった。ドアの前で女の子が膝《ひざ》を抱えてしゃがんでいた。厚底の靴、ニーソックス、ジーンズのショートパンツ。幼い顔に厚化粧をした女の子は私に気づくとびっくりして後退《あとずさ》り、小動物が威嚇《いかく》するように睨《にら》んだ。

そこへ草汰君が帰宅した。朝靄《あさもや》の中、くたびれた素振りで歩く草汰君は、女ふたりを認めるなり目を瞬《しばた》かせた。

女の子が駆けよる前に、悠然と私は言った。

「草汰。朝ごはん、一緒に食べよう」

おかずの入ったトートバッグを掲げ、満面の笑みで小首を傾げるだけでよかった。無意識の意識で呼び捨てにし、皮膚一枚隔てた内部では血液が逆流したようになった。気安い素振りは命がけの演技だった。

丸裸でぶつからなければ相手を丸裸にできないことを、本能で知っていたのだ。

草汰君は私の背を押し、ドアの鍵《かぎ》を開けた。女の子にはすれ違い様に「帰って」と告げた。

「たくさん作りすぎてしまったので持ってきました」

玄関でぼうっと突っ立っていた。

「南瓜とレーズンのサラダとゴーヤの肉詰めと茄子の揚げ浸しです」

縮こまるようにして、トートバッグを抱えた。

「食べてください。帰ります」

草汰君は、哀れむように私を見つめている。

「ごめんなさい。帰ります」

「あがって。お茶を入れます」

「帰ります」

言葉とは裏腹に、私の足はびくともしなかった。

「……帰ります」

あろうことか、涙が出てきた。

「……ごめんなさい」

ごめんなさい、ごめんなさい。誰に何に謝罪しているのかわからなかった。良心。

わからない。ひたひたと、心の一番尊い部分から水分があふれてくる。

「ごめんなさい」

自分の声ではなかった。頭のすぐ上から草汰君の声が降ってきたのだ。何に謝罪しているのか聞こうとした唇がふさがれた。

吐息が重なり、指と指も重なった。

つないだ方が自然だよね。指同士が言っていた。

「……ごめん」

草汰君が私を抱きしめた。

こんなに切ない「ごめん」を私は知らない。かすれた声が私の胸にしみ、涙となって草汰君のTシャツをぬらした。草汰君の体温で私は唇からとろけた。

トートバッグを卓袱台《ちゃぶだい》に置き、あとはめためたと畳に縺《もつ》れ込んだ。すぐ傍にベッドがあるのになぜ畳なんだろう、今日の下着は上下セットだっただろうか、など思いめぐらしつつも私の身体はたくましかった。覆《おお》いかぶさる草汰君に全力で絡みつき、耳朶《たぶ》に鼻先をこすりつけた。煙草《たばこ》と新聞のインクが混ざったような匂《にお》いをたっぷり胸に吸い込みたいのに、次第に呼吸が激しくなってくる。草汰君の肩に噛《か》みつき、背中に爪《つめ》をたてる。獣のようだと思った。心をむきだしにすると獣になるのかもしれない。

草汰君は必死に私の服を脱がせた。やけくそではなく、何かをふっきったような清々《すがすが》しさで。

「あ」

ことに及ぼうという瞬間、つい声が出た。

「痛い？」

草汰君が私の顔色をうかがった。

「違うの。ごめんなさい、声を出して」

慌《あわ》てて、両手で口を押さえた。

「どうしてあやまるの？　いいよ、好きにして」

大きな手のひらで、私の髪を撫《な》で額を撫で、私の手を自由にした。

笑顔を初めて覚えたように笑って、私にキスをした。

泣きたくなった。

イイヨ、スキニシテ。

「……ごめんなさい」

良心。夫。違う。こんなに好きになってしまってごめんなさい。草汰君の人生に入り込んでしまってごめんなさい。

行為の間中、私は何かめちゃくちゃに叫んでいたかもしれない。生きていることが生かされていることがうれしくて、それを感じさせてくれた草汰君を失うまいと、懸命にしがみついて。

朝陽がカーテン越しにやわらかく降立つと、草汰君は私の身体をそっとほどき半身を起こした。冷蔵庫からペットボトルのお茶を出し、コップをふたつ卓袱台にのせた。

「……ごめんなさい」

今更胸を隠した。

「さっきからあやまってばかりだね」

パンツ一枚でさわやかに苦笑した。お茶をそそいで差し出す。透けた黄緑色。

「私、何か、変なこと言ってた？」

「何が？　いつ？」

真剣に、目線を合わせ聞いてくる。私はさっとうつむいた。

夫は、黙ってと言うんです。しゃべるなと。無言でいろと。

そそくさと容器を開け、食べるように促した。南瓜とレーズンのサラダ、ゴーヤの肉詰め、茄子の揚げ浸し。

「私、結婚してるんです」

「知ってる」

草汰君はベッドの脇にある煙草を取り一本抜こうとして、やめた。煙草は卓袱台のすみで萎縮《いしゅく》した。

「知ってる。でも、どうしたらいいんだろう」

「草汰君。食べよう。南瓜とレーズンのサラダとゴーヤの肉詰めと茄子の揚げ浸し」

壊れたように繰り返した。

「南瓜とレーズンのサラダとゴーヤの肉詰めと茄子の揚げ浸し」

「あのさ」

「嫌いですか？　南瓜とレーズンとゴーヤ……」

「草汰でいいよ」

「はい？」

「草汰でいいから。さっき、そう呼んでくれただろ」

「はい」

「草汰」

草汰君が自分を指差した。

「……」

草汰。草汰。草汰。草汰。胸が詰まって、喉元《のどもと》がきゅっとなる。草汰という文字が増殖して全身に広がり、こそばゆくてくらくらする。

「箸《はし》、持ってくる」

草汰君が立ち上がる。背を向ける。歩いていく。

「草汰！」

草汰君が止まった。私は前のめりになって、草汰君の足首をつかんでいた。

草汰君が、首をわずかに傾ける。

「あ、あの。さっきの女の子は」

「ああ、ファンみたい。ちょっとバンドやってるから」

「そ、そう」

「どこにも行かないよ」

「え……」

「どこにも行かないから」

私の頭に、手のひらがのせられた。

見上げると、草汰君が苦笑いしていた。

「ごめんなさい」

慌てて、手を離した。足首にうっすらと手形がついていた。

草汰君が畳を踏みしめていく。

「どうしたらいいのか、わからなくて」

私の手のぬくもりがまだ残るであろう、背中に言った。

「うん」

箸と皿をふたつずつ、卓袱台に並べる。

「どうしようもなかったの」

「うん」

私は、おかずを皿に取り分けた。おぼつかない箸使いで、レーズンがこぼれた。卓袱台に転がったレーズンを、草汰君が指でつまむ。

「初めてなんだ、こういうの」

レーズンを、水の底にいるような、ふやけた顔で見つめる。

「こういう気持ち。こうなってから言うと嘘っぽいけど、伝わったのがたぶん同時って、あの時、出会った時に思った」

私は指で、草汰君の指からレーズンを奪って食べた。甘くて頭痛がして、涙がにじんだ。

「いただきます」

草汰君が両手を合わせる。

「へえ。ゴーヤってこういう風にも料理できるんだ」

輪切りにしたゴーヤを箸でつまみあげた。

私は膝の上でこぶしを握りしめた。

「ひとつ、おしえてほしいの」

太陽の光が濃く、熱くなる。由紀乃荘全体があたたまってくる。夫が起きる時刻が近づく。あるいは女性警官姿のフィギュアと眠っているのかもしれない。無言で。

まばたきを一回、した。

草汰君の唇がひきしまった。

「いく、というのは、どういうことでしょう」

草汰君の箸から、ゴーヤが落下した。

私から目を逸らさず、一呼吸おいてからゴーヤを拾い口に放り込み髪をかきあげ、カーテンと窓を開けた。後姿が照れていて、もう振り向いてくれなそうで、変な質問をしたことを後悔して逃げたくなったけれど、草汰君は振り向いてくれて恥ずかしそうに頬をかいた。

「女の人のは、よくわからないけど」

逆光で、草汰君は金色に縁取られた。髪は光そのものみたいになって、景色にとけこんでいた。

「天国に行く、みたいな、気持ちなのかな」

顎《あご》に片手をあて、きちんとこたえてくれた。

「天国」

つぶやいた私の頬に、草汰君は指をあててにーっと笑わせた。

「そう、天国」

天国だよ。吐息でささやく。にらめっこするみたいに、草汰君が笑った。

「いつか、一緒に天国に行こう」

このぼろいアパートから飛び出してふたりで海辺の高級マンションに住もうという妄想よりも、果てしなく遠い約束に思えた。

ほろ酔い加減で目をつむる。

まぶたで、約束をとじこめた。

一緒に天国へ。金色の天国。天国の色の髪。光に満ちた世界。はかない楽園。

「……ありがとう」

全速力でつかまえた奇跡を忘れないように、私は草汰君をぎゅうっと抱きしめた。まぶたでふたをした約束がとけるんじゃないかと危ぶむほど泣いて、草汰君が脱ぎ捨てたTシャツで拭《ぬぐ》ってもらい、私は現実に戻った。早急に身支度をし自宅に駆け込み、朝食を整える。書斎のドアは閉ざされ、寝室で夫がひとりで眠っていた。

人形のようだった。人形は私か、と思うと笑えた。おかしくて「あはは」と漫画みたいに笑った。夫はぐうぐうといびきをかいている。「起きて」と肩を揺すると、うう、と不快な声をあげた。

「起きて、あなた」

タオルケットをめくる。夫が芋虫のように蠢《うごめ》く。起きてしまったのは私かもしれない。

黙々と朝食を平らげると、夫は規則正しく出勤した。私は靴べらを渡し「夕食は南瓜とレーズンのサラダとゴーヤの肉詰めと茄子の揚げ浸しよ」と笑顔で手を振った。

容器を置き忘れたことに気づき、返却してもらうだけに赴くのも味気ないので、手土産を考えていたらチャイムが鳴った。

ドアを開けると、草汰君がいた。

夢のようだった。感激したのも束《つか》の間《ま》、私は妻である自分の空間に草汰君を招き入れるのに躊躇《ちゅうちょ》した。それとももしかしたらなかったことに、とか言われるのではないか。

開け放したドアを境目に、あやうい距離を保っていた。

「これ、返しに」

きれいに洗われた容器の上に折りたたまれたトートバッグがあった。

「おいしかった」

受け取りながら、私の思考は千々に乱れた。

大家の娘で既婚者なんて、やっかいに決まっている。

「ひとつ、言っておきたくて」

私は身構えた。

「たまたま、とか、勢いじゃないから」

乱れた金髪で、落ち窪《くぼ》んだ目で、淡々と言った。

私はまた、くらくらした。感情の温度が寸分も違《たが》わないことのうれしさに、気を失いそうになった。

草汰君が注意深く、けれどきっぱりと、ドアを閉めた。あやうい距離は消滅し、確実なひとかたまりとなった。

私の気持ちを見透かしたのか、草汰君が私の手を取った。

「よかった。夢じゃなかった」

指の一本一本を確かめるように、ぎゅっと握りしめる。

「ドアを開けて誰もいなかったら、とか。別人だったら、とか。いろいろ考えた」

私の手をいとしいもののように、自分の頬にふれさせる。

「夢じゃない」

夢のようだと感激したのは私だった。夢じゃないと感激している草汰君に、私は私のありったけをあげたかった。

草汰君も、私と同じに幼稚で痛ましく丸裸で、泣けてくる。

「草汰。外に出よう」

サンダルをつっかけた。

「ここには、本当の由紀乃はいないから」

書斎の引き出しの中と、この家の中と、寸分も違わないのだ。

この狭い街で、街一番の旧家の娘で元ミス交通安全で、妻という肩書きを持つ女が、真昼間から金髪の男と連れ立って歩くのがいかに好奇の目を誘うかわかっていた。わかっていても、どうしようもなくてどうしたらいいのかわからないのだった。

再びドアを開けようとした私の手を、草汰君が制した。

「ごめん。これからバイトなんだ」

「バイト終えて帰ってきたのに？　またバイトに行くの？」

「さっきのは新聞配達のバイト。今からは中古レコード屋のバイト」

「何時に帰ってくるの」

「今日は早番だから、五時くらい」

「どこかで待ってる」

「七時から、バンドの練習がある」

「……」

私はもう口を噤《つぐ》むしかなかった。自分の暇を恨んだ。

「ごめん」

「家賃なんか払わないでいい。由紀乃荘に居候《いそうろう》してていいから。そうだ、お祖父《じい》ちゃんに頼んでみる」

手にしたままの靴べらを、きつく握りしめていた。

草汰君が眉根《まゆね》をよせ、目を伏せた。玄関マットに揃《そろ》えてあった夫の、スリッパを凝視している。

「ごめんなさい」

靴べらを定位置に戻すと、身体をずらして草汰君の視線をスリッパから遮った。

「私も働く。だから、隙間の時間に、公園で会おう」

草汰君が指で、私の輪郭をなぞっていく。つむじ、こめかみ、頬、耳。私の髪を指にからませ、唇をこじあけた。

「ここで、いってらっしゃい、とか、言うんだ」

暗くて、力強い目だった。倒れそうになった。

この人は、嫉妬《しっと》している。

身体中が熱くなり、血液がめぐった。

夫と結婚したことを、歯軋《はぎし》りするほど後悔した。薦められるがままに、つい、結婚してしまったことを。つい、乞《こ》われるままにセックスしてしまったことを。

「いってきます」

私を見据え、あきらめのように言った。沈鬱《ちんうつ》な顔をされた方がまだましだった。

草汰君が去り、光が消えた。

後にはからっぽの容器と、私だけが残された。

胸の中に灰色の雫《しずく》がこぼれて染《し》みになる。じょじょに染みが増えて、いてもたってもいられなくなる。

閉ざされたドアを力いっぱい開け、叫んだ。

「草汰」

敷石を歩いていた草汰君が振り返る。

「お願い」

私は、ごめんなさいとは言わなかった。

「お願い。バイトが終わったら公園に来て。バンドの練習まで少しでいいから」

ドアノブに手をかけたまま、玄関先から動かなかった。動けなかった。

「お願い」

もう、一日が動き始めているから、世間に晒《さら》されてはいけない。草汰君が駆けよる。

素早くドアの影に身をひそめて、私を抱きしめる。

「困った」

「ごめんなさい、でも」

「バイトもバンドもどうでもよくなっちゃうじゃん」

おひさまの匂いがする。連綿と続く日々の始まりに、この匂いに顔をうずめられたらどんなにいいか。

「どうでもいい。もう、どうにでもしてくれ」

玄関先で、あくまで家には入らず、私達は私達ふたりだけの世界で抱き合った。草汰君は子供みたいに笑って、私の髪に鼻をこすりつけ唇をはわせ、胸に顔を押し当てた。

「ああでも、しばしお別れだ」

この世の終わりみたいに言ってから、「公園で」と笑った。小さく手を振り、走っていった。

ひとしきり恍惚《こうこつ》となる。数時間後に会えるという事実が日常をきらめかせる。浮き足立った私はテレビのメロドラマに胸を打たれたり、新しい口紅を買いに行ったりと忙《せわ》しなかった。

五時に、緑ヶ丘噴水公園に行った。目立つようにガス灯の下にいた。遊んでいた子供達が潮が引くようにいなくなり、葉ずれの音が耳をくすぐる頃に草汰君がやってきた。

「ごめん、待った？」

「ううん、ちっとも。それ、何？」

息をはずませている草汰君の片手に、何か握られていた。

「手ぶらなのもどうかと思って」

小さな花だった。

「買ってきてくれたの？」

「いや、時間なくて。そのへんで摘んだ。白い花が似合うと思って」

花は、申し訳なさそうに頭《こうべ》を垂れていた。

「これ、ユキノシタだよ」

「じゃあ、ちょうどいい。由紀乃の花だ」

草汰君は私の手に花を握らせた。風変わりな形のユキノシタ。私達は手をつないで歩いた。

「私、働こうと思って」

「どうしたの、急に」

「暇すぎるのもつらいから」

「コンビニとか、ウエイトレス？　お嬢様で奥様のバイトって何だろ」

「タクシー運転手」

「タクシー！」

へえ〜、と草汰君は大げさに驚いた。私の顔をまじまじと見ている。

「できるの？　ていうか、襲われない？」

「襲われる？」

「酔っ払いのオヤジとか」

「大丈夫よ。お祖父ちゃんの会社だもの」

「うーん、でもタクシーか。型破りだな」

「運転免許証くらいしか資格持ってないし、この街しか知らないし」

情けないけれど私には特技がないのだった。草汰君みたいに独り立ちもできない。

「お嬢様で奥様だもんな」

猫の爪みたいな極細で寂しい月が夜を照らしていた。昼間あたためられた空気は、水分を含み幾分冷えている。

木陰の岩間にユキノシタが咲いていた。群生しているユキノシタ。

私は手の中の、元気のないユキノシタを見つめた。

「ここにいる由紀乃はお嬢様でも奥様でもないよ」

「わかってる」

「わかってない」

ちょっと拗《す》ねてみた。草汰君の手に力がこもった。

「旦那《だんな》さんから、何て呼ばれてるの」

そういえば、何て呼ばれてたっけ。思い出せない。考えあぐねていると。

「由紀、由紀ちゃん、ゆきりん。特別な呼び方で呼びたい」

真顔で、草汰君が言った。

「ゆきりん」

いいかも、と思った。ゆきりん。

「ゆきりん？」

私は自分を指差した。

「……」

草汰君は上を向いて頭をかいた。自信持って提案したくせに。

ユキノシタがくたりと湾曲している。

「ねえ、この子、元気ないの」

元気にして、と私は草汰君の首に腕を回した。目をとじる寸前に、月が雲に隠れた。

「あの二階建てアパート、何て名前だったかな」

後部座席の女性がシートに身をあずけている。

「由紀乃荘という名前ですよ」

バックミラー越しにおしえてあげた。

「ああ、そんな名前だったかも。おもしろい名前よね。ていうか、運転手さんが大家の娘ってこと？」

「はい」

私はちらりと後ろを向いて、肩をすぼめた。

「じゃあ、不倫がきっかけでタクシー運転手になったんだ」

女性は身を乗り出し、興味津々《しんしん》といった体《てい》で聞いてきた。

「そうなんですよ。一番てっとり早かったんです。祖父の会社ですし」

「へー。でも若い女のタクシー運転手なんて大変でしょ？」

「そこは祖父の力で、パート勤務にしてもらったり、ルート範囲を縮小してもらったりしました」

「なるほどね。で、浮気はばれなかったの？」

不倫。浮気。世間からすれば、道に外れたことなのだろう。

「まっとうした、と言っていいと思います」

断言できる。私達は道に外れてはいない。危なっかしいことこの上なかったけれど、ふたりだけの至極の道すじだ。

「ねぇ、駅の方から回ってくれる？」

駅前の交差点に差しかかる。相変わらず、夕方から夜の時間は混み合っている。事実、度々交通事故が発生する。

赤信号で止まると、女性は車窓に額をあてて言った。

「昔、あのアパートに家族で住んでて。高校中退して家出して、また戻ってきて。その駅前のキャバクラで働き出したんだ」

安っぽいネオンがひしめき合う。

「悪そうな客と知り合って、悪そうとわかってて付き合ったんだけど。やっぱり悪くて」

駅から見て右側の角に電信柱がある。時折、花束が置いてあったりする。括《くく》りつけられたみすぼらしい牛乳瓶に、白いチューリップが一輪挿してあった。

昨日は白いマーガレット、一昨日《おととい》は白い紫陽花《あじさい》だった。明日は何の花だろう。草汰君は「由紀乃には白い花が似合う」と言っていた。

「で、刺されちゃったんだ」

女性は舌を出して悪戯《いたずら》っぽく笑い、下腹をさすった。下腹にナイフが刺さっていた。

スカートが赤黒く汚れていた。

「よくあることですよね」

私は言った。

「やっぱり、ここで降りるわ」

下腹のナイフを愛《いと》おしそうに見つめ、女性は笑った。

「もう、ひとりで行けるから」

極彩色の川を泳ぐように、消えた。

恋に溺《おぼ》れている人がそうであるように、私もまた無敵だと思っていた。根拠のない驕《おご》りであるとは知る由《よし》もない。恋に溺れている人は、文字通り恋以外には生きていないのだから。

貪《むさぼ》るような欲に神様が呆《あき》れ果てたのか同情したのか、私達の隙間《すきま》時間は細切れでありながら濃密で貴いものだった。早朝に緑ヶ丘噴水公園で落ち合い、草汰君が買ってきた焼きたてのお団子を食べたり、ささやかだったけれどかけがえのないひとときだった。草汰君の時間が空くと、すぐに由紀乃荘一〇一号室で抱き合った。夫とのそれとは天と地ほども違い、私は草汰君を受け入れるごとに自分を発掘していき、自分の本質をおしえてくれた草汰君にのめりこんでいった。

「由紀乃」「由紀ちゃん」「ゆきりん」

草汰君が私を呼ぶ。私は鼓動を意識し、息吹《いぶき》を感じる。とたんに、帰りたくなくなる。「帰りたくない」と言うと草汰君が困るから、私は帰る。人形の家に。

誰かのおせっかいは、ある日突然やってきた。

「なんか、噂《うわさ》になってるよ」

夕食の席で、夫がおもむろに言った。

「金髪の男とよく一緒にいるって、本当？」

ごはんをよそう手が、一瞬、動揺した。

背を向けていたことに安堵《あんど》し、素早く笑顔を取り繕った。

「今日はね、柚子《ゆず》大根を作ったの。それと鮭《さけ》と酒粕《さけかす》の味噌鍋《みそなべ》。温まるでしょ」

土鍋のふたを開け、湯気で顔の緊張をとる。

柚子大根にはラップをかけて、味噌鍋はひとり用の土鍋に入れて、一〇一号室に置いてきた。

「アパートの住人とデキてるって本当なのか」

「鮭、骨は取ったんだけど、残ってたらごめんなさい」

一口コンロの火を弱め、小鉢に取り分けた鮭と白菜と葱《ねぎ》に蓮華《れんげ》を添えて夫に渡す。

「聞いてるのか」

夫は小鉢を受け取らなかった。私は静止画のように固まった。テレビが天気予報を伝えている。明日の朝は所により氷点下になるでしょう。

「聞いてるのかよ」

夫のワイシャツからアンダーシャツが覗《のぞ》いている。白いワイシャツに白いアンダーシャツ。まめにクリーニングに出しているし毎朝洗濯もしているのに、不潔で薄汚れている。なぜだろう。私は首を傾《かし》げる。草汰君は黒を好むのに清潔感にあふれている。

「鮭と白菜と葱……。しめじを入れるのを忘れたわ」

草汰君も何か足りないと思うかもしれない。テレビはバラエティ番組に切り替わった。騒々しいトークによよめく拍手。

「ごめんなさい」

「何にあやまってるんだ？」

「しめじを忘れてしまって」

「ばかか？」

夫が吐き捨てた。

「おまえは、ばかなのか？」

こぶしを握りしめ、ぶるぶる震えている。

「冷めてしまうわ」

小鉢を夫に差し出す。鮭、白菜、葱。静かに湯気を放つ。

「いらないよ」

夫が私の手を引《ひ》っ叩《ぱた》いた。粕汁が私の手にかかり、小鉢は床で割れた。

赤くなった私の手に、夫が動揺した。

「ごめん」

「忘れてた。しめじ、冷蔵庫にあったのよ」

「早く冷やせよ」

「ごめんなさい。今から用意するわね」

くるりと踵《きびす》を返すと、冷蔵庫を開けた。野菜室からしめじを取り、まないたにのせる。手など、ちっとも熱くはなかった。

背後から、鍋の煮立つ音がする。切迫した音だ。何かが近づく足音のような、私の心音のような。テレビから乾いた笑い声が聞こえる。しめじを切り分ける。力配分を均等に、夫に見せる背中が、平静でいられるように。

「ゆいちゃん」

夫のねっとりした声が、背中にへばりついた。

「ゆいちゃん。こっち向いてよ。嘘なんだろう？　不倫とか浮気とか。よりによって金髪の不良って何だよ。そんなの、ゆいちゃんじゃないよ」

ゆいちゃん、と夫は連呼した。

ゆいちゃん。誰だ、それは。

「そんなの、ゆいちゃんらしくないよ」

引き出しの中の、人形の名前か。女性警官姿の、無言の私だ。

「……ゆいちゃん」

夫は、泣いているようだった。鼻をすする耳障《みみざわ》りな音。鍋が煮えたぎる音。「ゆいちゃん」。すべてがくだらなくて、私は笑った。必死にこらえようとしても無駄だった。身体を痙攣《けいれん》させるようにして笑った。細かく切り刻まれたしめじが、山になっていた。

「何がおかしいんだよ？」

猿芝居みたいに、滑稽《こっけい》だった。

「こっち向けよ」

夫に、肩をつかまれた。弱々しくてねちっこい声なのに、腕っぷしは強いなと感心し、されるがまま振り向いた。

右手に、肉の感触があった。

生々しい弾力がある。私の手が赤く染まる。粕汁で被《こうむ》った火傷《やけど》よりも赤く。

故意ではなかった。勿論《もちろん》。

私は、夫の腹を刺していた。臍《へそ》のあたりに包丁が直角に減《め》り込んでいる。臍。ああ、夫にも窪みがあったのだ。皮膚が捩《よじ》れて窪んだ、女のあそこのミニチュアのような、淫《みだ》らな窪み。ついうっかり鋭いものを突き立てたから、液体が漏れたのだ。白ではなく赤だけど。

「……う、うう」

夫が醜く唸《うな》った。目は見開かれ充血し、よろよろとテーブルに手をつく。

どうして、声を出すんだろう。私には黙ってと言ったのに。しゃべるなと命令したのに。

「どうしてしゃべるの」

私は言った。

「黙って」

包丁を流しに放った。

「黙ってよ」

うう——……、ううう——……。夫は腹を押さえテーブルクロスをつかんで崩れ落ちた。味噌鍋がぶちまけられ一口コンロが立ち消えした。散り散りになった鮭、白菜、葱。

「……冷めちゃったわ」

小鉢から湯気が消滅していた。草汰君はバイトの真っ最中だろう。こっそり土鍋にしめじを足しに行こうか。まないたを振り返る。しめじは跡形もなく寸断されている。うう——……、うう。夫の手が私の足首に伸びてくる。床に赤い液体が広がる。私の手にも、粘り気のある液体がこびりついている。

夫の手が私の足首をつかんだ。ねっとりとした感触に、身体中《からだじゅう》が粟立《あわだ》った。

夫の手を振りほどき、よろけながら洗面所に行った。蛇口を最大限にひねり手を洗う。何度も何度も手をこする。熱くも冷たくもない。流れる水が透明になると、外に飛び出した。庭に停めてあるタクシーに乗り、闇雲《やみくも》に走り出した。

平和で閑静な住宅街を抜ける。家々にまばらに明かりが灯《とも》る。点在する街灯。孤高なガス灯。そこにあるはずの景色が、私にはもう、洞《うつろ》にしか見えないのだった。身体の中でごうごうと音がする。エンジンの音と融合し嵐《あらし》のような得体の知れない恐怖になる。ラジオをつけようとしたけれど手がかじかんでうまくいかず、しかたがないので声を出してみた。う、うう。夫の赤くただれた声と重なった。ハンドルに突っ伏したらクラクションが鳴った。背後からもけたたましくクラクションが鳴らされ、とにかく私はアクセルを踏んだ。安全運転をしなければ。胸に手をあてて深呼吸をしようとした。切れ切れの呼吸、腰のあたりが浮つく。めまいがする。指に乳首があたる。草汰君。草汰。そばに行きたい。

いつのまにか駅前にきていた。女性警官が交通誘導をしている。警察帽をかぶり制服を着込んだ由緒《ゆいしょ》正しい女性警官だ。私のようにミスをしたりはしない。きちんとしゃべり、自分のままで日常をこなしていく。自然体で、人生を紡《つむ》いでいく。

目をとじると、まぶたの裏が涙でいっぱいになった。草汰君の笑顔が、セルロイドのようにぐにゃりと歪《ゆが》む。

力任せにアクセルを踏み込んだ。方々からクラクションが響いた。目をあける。窓ガラスでライトが金色に光っていた。いくつもいくつも。

あれは天国の光だろうか。

「いつか、一緒に天国に行こう」

草汰君が言った天国。行きたい、いきたい。でも、ひとりではいけない。

再び目をとじ、右にハンドルを切った。

対向車を巻き込み、電信柱に激突した。


気がついたら私は、緑ヶ丘噴水公園にいたのだ。

駅前の交差点で車体ごと電信柱に激突したのに、車はおろか私自身も無傷で、まるでふりだしに戻ったように、月明かりに照らされていた。地面に映るはずの私の影だけがなかった。

生い茂る木々の間に一本だけあるガス灯は、相も変わらず孤高なる佇《たたず》まいで、私に光を投げかけていた。光は私を透かして、残酷に、地面を丸くくりぬいていた。

私は自分が、こわれてしまったことを知った。

自分の身体だけが、こわれてしまったことを。


「運転手さん」

こつこつと、運転席の窓が叩《たた》かれた。緑ヶ丘噴水公園の前だった。

ウインドウを開けると、駅前で下車したはずの元キャバ嬢がいた。

「まだ、こっちにいらしたんですか」

「うん。やっぱりひと目アパートを見てからあっちに行こうと思って」

はにかむように笑った。

「由紀乃荘、見てきましたか」

「うん。荒《すさ》んじゃったね」

女性のさばさばとした物言いに、私はかえって励まされた。微笑を返して、女性に言う。

「乗りますか」

「ううん、いい。ねえ、運転手さんって大家の娘よね。大きな屋敷に住んでたのよね」

大きな屋敷。しあわせの象徴と、この女性は形容した。

「ええ」

「しあわせだった？」

屈託なく聞いてきた。私は髪を耳にかけ、ふっと息をついた。

「何がしあわせで何が不幸か、わからないのが一番悲惨ですよね」

「大きな屋敷に住んでても、しあわせってわけじゃなかったんだ。わかんないもんね」

下腹で刺さったままになっているナイフを、指で突《つつ》いている。天蓋《てんがい》のように夜が降ってくる。ガス灯はまるで大きな泡で、散らばる星々は小さな気泡だ。そして。

シャボンのように無邪気に浮遊する、ものたち。人魂《ひとだま》というのか、私にはよくわからない。わからないことだらけだ。私にわかるのは、たったひとつだけだ。

「今は、何がしあわせか、わかったから、しあわせです」

ふうん、と女性はフロントドアによりかかる。巻き髪がさらさらとなびく。

「運転手さんは、ずっとこっちにいるの？」

「ええ」

「執着とか、執念とか。よくないよ」

言いながら、下腹からナイフを抜いた。赤い液体も、勿論白い液体も、漏れてはこなかった。スカートの赤黒いしみが、生の名残を主張していた。

「でも、約束したから」

耳朶《みみたぶ》から首筋を指でつたってみる。草汰君が好いてくれた私の輪郭。もう、何の感触もない。

「きっと大事な約束なんだね」

女性は手にしたナイフを草むらに投げた。落下する前に夜に消えた。

「もう、ひとりで行くね。さよなら」

見送る間もなく、女性も消えた。これが今の私の暮らしだ。タクシーで同じ街をぐるぐる回る。途中、迷っている人を拾う。生きているのか死んでいるのか、曖昧《あいまい》なままさまよっている人達を乗せ、適切な場所まで送りとどける。緑ヶ丘噴水公園、住宅街、駅前、由紀乃荘。やがて草汰君がバイトに向かう。一〇一号室のドアがひらく。

今夜も草汰君は白い花を一輪買うだろう。猫背気味に歩き、以前よりも痩《や》せて、表情が険しくなったけれど、揺るぎない正しさを醸《かも》し出す心と身体は変わらない。私のせいで肩身が狭くなり一層深くなった孤独を背負って、駅前の電信柱までたどりつく。いくつかの花束に気圧《けお》されたみすぼらしい牛乳瓶に、白いバラをいける。

「由紀乃には白い花が似合う」

草汰君が言った。ガス灯の下で、月光の乳白色に縁取られた笑顔で。

「由紀、由紀ちゃん、ゆきりん。特別な呼び方で呼びたい」

がらくたをとっておきの宝物にするように、自分だけのものにしようとしていた。

明日は、何の花を私にくれるの。

時間という概念はとっくにないけど、だからこそ、私はいつでも草汰君とデートできる。

ひとりよがりのデートなのが、ちょっと悲しいかも、とうつむく。ハンドルに突っ伏したらクラクションが鳴った。鳴るはずのないクラクション。草汰君が振り向いた。虚《うつ》ろに、私を見つめる。目が合った。

涙が出た。変なの。もう、血も涙もないというのに。

草汰君が首を傾げ、うなだれる、背を丸め歩いていく。

恋愛してもいいんだよ、と背中を押してあげたくなる。可愛《かわい》らしい女の子と恋愛したってかまわない。私は不変だもの、未来永劫《えいごう》の恋人だから。約束までの期間、セックスしたっていいよ。若いんだもの。

すでに取り壊しが決まっている由紀乃荘に居続ける草汰君と、こっちに居続ける私。

「いつか、一緒に天国に行こう」

その約束だけが、私の生きる糧《かて》だ。変なの。笑ってしまう。生きる糧だなんて。

いつか、ふたりというひとかたまりになるまで、いつか金色の天国に行くまで、私はずっと、ここにいるのだ。

派手なネオン、行き交う車、高揚する人々。寂れた街でも駅前はにぎやかだ。生きる人も、死んだ人も。

草汰君が雑踏にまぎれていく。

私は感触のないままアクセルを踏み、左に、ハンドルを切った。

解説——日常というきらめく星座

三浦しをん

決して派手ではないけれど、深く惹《ひ》きこまれる短編集だ。

母親が謎《なぞ》の事故死を遂げ、父親と暮らす十二歳の女の子（「眠る無花果《いちじく》」）。夫と会話が成立せず、秘密のアルバイトに精を出す妻（「まばたきがスイッチ」）。長年連れ添った夫の隠しごとを知り、動揺しつつ介護する妻（「さざなみを抱く」）。夫や娘と幸せに暮らしているはずなのに、小学校時代の出来事をしきりに思い出してしまう女（「森と蜜《みつ》」）。結婚して経済的には恵まれているものの、早朝からお団子屋さんで働く女（「まだ宵の口」）。激しい恋情に駆り立てられるかのように、タクシー運転手となって街を走るお嬢さま育ちの女（「月影の背中」）。

登場人物はみな、なんの変哲もない生活を送っている。だが実際には、「変哲のなさ」の背後から不穏な影が忍び寄り、暗い亀裂《きれつ》が生じてもいる。端整な文章は、ときに切なる哀感を伴い、ときにほのかなユーモアを漂わせ、人々の感情の奥行きと、日々にひそむ一瞬の鮮烈さをあぶりだす。

そして読み進むうちに、ふと気づくはずだ。「これは単なる短編集ではないぞ」と。実は、各編はゆるやかに連関し、合わせ鏡のように照応してもいる。「さざなみを抱く」と「森と蜜」のあいだに脳裏で縦軸を引いてみると、前半三編と後半三編とで、内容やテーマが響きあうようなつくりなのだ。著者の森美樹さんは、本作が単行本デビューだが、空恐ろしい才能の持ち主がいるものだと震えた。

とはいえ、本書は技巧を見せびらかしはしない。あくまでも静かだ。ゆっくりと日が暮れていき、夜との狭間《はざま》でまだ赤みを残す空に、銀色の星が瞬《またた》きはじめる。星の数は徐々に増え、気づけば星座を形づくっている。各編ごとのつながりは、それぐらい自然で、さりげなくうつくしい。

では、本書が描きだす星座の名は、はたしてなんだろう。とても見慣れた形だと思った次の瞬間には、グロテスクな、あるいは残酷な、あるいは見たこともないほど麗《うるわ》しい姿に変化して、容易に正体を見きわめられない。

自慰をしたあとの丸めたティッシュを、ベッドの下に放置しておく夫。おやつに赤黒い麩《ふ》菓子を差しだされる女の子。日々の営みからにじみでる、生々しく暴力的な性と恐怖のにおい。ふだんは蓋《ふた》をして目をそらしているものが、登場人物（および読者）の平穏な暮らしに揺さぶりをかけてくる。同時に、本書では崇高な解放の瞬間も描かれる。マンションのベランダから見える朝の街並みと、髪に感じる心地いい風。恋人たちを祝福するように、夜の公園を照らすガス灯の明かり。色づき輝きはじめた世界に触れる、その喜びと高揚が痛いほど胸に迫ってくる。

そうか、容易に正体をつかみにくい星座の名、本書が描きだしているものは、「日常」だったのか。

劇的なことなどそうそうなく、不安や不満をのみこんで、私たちは淡々と日常を生きる。たまに生じる不測の事態や親しいひととのあいだの齟齬《そご》すら、たいがいは「なかったこと」にし、忘れたふりで時間が過ぎるのを待つ。やがて本当に忘れてしまう。そうして成り立つ日常の残酷さと理不尽に、私は叫びたくなるときがある。

だけどこの小説は、そんな叫びも含めて抱きしめてくれる。残酷で理不尽なのが日常であり、ひとの心だ。でも、怯《おび》えなくていい。絶望しなくていい。よく見てごらん。その残酷さと理不尽の向こうに、それでも輝く誇りが、前向きな諦念《ていねん》が、赦《ゆる》しが、愛と言いきるには曖昧《あいまい》な、けれど愛にきわめて近似した尊い感情が、たしかに存在するのを。一瞬だけ通いあった気持ち、触れた体温、だれかのなにげない一言や振る舞い。すぐに消え去り忘れられてしまうかもしれないそれらが、私たちを生かす。それが日常であり、ひとの心だ。

本書を読むあいだずっと、私は登場人物たちの静かで力強い囁《ささや》きと抱擁、日常を生きることへの言祝《ことほ》ぎを感じていた。

『主婦病』というタイトルだが、読者が主婦や女性でなくてもまったく問題ない。決して派手ではないけれど、かけがえのないきらめきを帯び、深く惹きこまれる小説だ。私たちの毎日が、そうであるのと同様に。

（「波」二〇一五年四月号より転載、作家）

この作品は平成二十七年三月新潮社より刊行された。

倉橋由美子著
聖少女
父と娘、姉と弟。禁忌を孕んだ二つの愛に挟まれた恋人たち。「聖性」と「悪」という愛の相貌を描く、狂おしく美しく危うい物語。

窪 美 澄 著
よるのふくらみ
幼なじみの兄弟に愛される一人の女、もどかしい三角関係の行方は。熱を孕んだ身体と断ち切れない想いが溶け合う究極の恋愛小説。

桜庭一樹著
青年のための読書クラブ
山の手の名門女学校「聖マリアナ学園」。謎と浪漫に満ちた事件と背後で活躍する読書クラブの部員達を描く、華々しくも可憐な物語。

篠田節子著
銀婚式
男は家庭も職場も失った。混迷する日本経済を背景に、もがきながら生きるビジネスマンの「仕事と家族」を描き万感胸に迫る傑作。

瀬戸内寂聴著
夏の終り
女流文学賞受賞

妻子ある男との生活に疲れ果て、年下の男との激しい愛欲にも充たされぬ女……女の業を新鮮な感覚と大胆な手法で描き出す連作5編。

梨木香歩著
家守綺譚
百年少し前、亡き友の古い家に住む作家の日常にこぼれ出る豊穣な気配……天地の精や植物と作家をめぐる、不思議に懐かしい29章。

中脇初枝著　みなそこ

親友の羊水に漂っていた命。13年後、その腕にあたしはからめとられた。美しい清流の村の一度きりの夏を描く、禁断の純愛小説。

乃南アサ著　いつか陽のあたる場所で

あのことは知られてはならない――。過去を隠して生きる女二人の健気な姿を通して友情を描く心理サスペンスの快作。聖大も登場。

東直子著　薬屋のタバサ

すべてを捨てて家を出た由実は、知らない町に辿り着いた。古びた薬屋の店主・タバサに雇われるが。孤独をたおやかに包む長編小説。

藤野可織著　爪と目

芥川賞受賞

ずっと見ていたの――三歳児の「わたし」が、父、喪った母、父の再婚相手をとりまく不穏な関係を語り、読み手を戦慄させる恐怖作。

宮木あや子著　花宵道中

R−18文学賞受賞

あちきら、男に夢を見させるためだけに、生きておりんす――江戸末期の新吉原、叶わぬ恋に散る遊女たちを描いた、官能純愛絵巻。

湊かなえ著　母性

中庭で倒れていた娘。母は嘆く。「愛能う限り、大切に育ててきたのに」――これは事故か、自殺か。圧倒的に新しい〝母と娘〟の物語《ミステリー》。

新潮文庫最新刊

佐伯泰英著
故郷はなきや
新・古着屋総兵衛 第十五巻
越南に着いた交易船団は皇帝への謁見を目指す。江戸では総兵衛暗殺計画の刺客、筑後平十郎を小僧忠吉が巧みに懐柔しようとするが。

吉田修一著
愛に乱暴（上・下）
帰らぬ夫、迫る女の影、唸りを上げる×××。予測を裏切る結末に呆然、感涙。不倫騒動に巻き込まれた主婦桃子の闘争と冒険の物語。

安東能明著
総力捜査
捜査二課から来た凄腕警部・上河内を加えた綾瀬署は一丸となり、武闘派暴力団と対決する――。警察小説の醍醐味満載の、全五作。

あさのあつこ著
ゆらやみ
どんな客に抱かれても、私の男はあの人ただ一人――。幕末の石見銀山。美貌の女郎と銀掘が落ちた宿命の恋を描く長編時代小説。

森美樹著
主婦病
R-18文学賞読者賞受賞
新聞の悩み相談の回答をきっかけに、美津子は夫に内緒で、ある〈仕事〉を始めた――。生きることの孤独と光を描ききる全6編。

高殿円著
ポスドク！
月収10万の俺が父親代行!? ブラックな日常でも未来を諦めないポスドク、貴宣の奮闘を描く、笑って泣けるアカデミックコメディー。

主《しゅ》婦《ふ》病《びょう》

新潮文庫　も－41－1

平成三十年一月一日発行

著者　森《もり》美《み》樹《き》

発行者　佐藤隆信

発行所　株式会社 新潮社

郵便番号　一六二―八七一一
東京都新宿区矢来町七一
電話　編集部(〇三)三二六六―五四四〇
読者係(〇三)三二六六―五一一一
http://www.shinchosha.co.jp

価格はカバーに表示してあります。

乱丁・落丁本は、ご面倒ですが小社読者係宛ご送付ください。送料小社負担にてお取替えいたします。

印刷・大日本印刷株式会社　製本・加藤製本株式会社

ISBN978-4-10-121191-6　C0193